# 农民工就业指南

# 农民工权益维护读本

于晓兰 编

U0133217

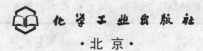

化学工业出版社

·北京·

**图书在版编目（CIP）数据**

农民工权益维护读本/于晓兰编. —北京：化学
工业出版社，2010.6
（农民工就业指南）
ISBN 978-7-122-08367-8

Ⅰ. 农… Ⅱ. 于… Ⅲ. 农民-劳动就业-劳动
法-基本知识-中国 Ⅳ. D922.5

中国版本图书馆 CIP 数据核字（2010）第 075122 号

---

责任编辑：宋　辉　　　　　　　装帧设计：尹琳琳
责任校对：周梦华

---

出版发行　化学工业出版社
　　　　　（北京市东城区青年湖南街 13 号　邮政编码 100011）
印　　装　北京市兴顺印刷厂
850mm×1168mm　1/32　印张 6¾　字数 126 千字
2010 年 7 月北京第 1 版第 1 次印刷

---

购书咨询：010-64518888（传真：010-64519686)
售后服务：010-64518899
网　　址：http://www.cip.com.cn
凡购买本书，如有缺损质量问题，本社销售中心负责调换。

---

定　　价：16.00 元

　　因工作的关系，笔者与农民工有大量的接触，也结识了一批农民工朋友，对他们进城后的工作生活有一定了解。当他们在城市生活工作中面临难题、尴尬时，常常找笔者寻求一些帮助，笔者也有幸为他们提供一些解决问题的捷径与办法，帮他们分析一些事情。不过身边的人、事是有限的，又恰逢出版社需要，因此笔者动笔写出这本关于农民工权益维护的册子，以求在更大范围内、为更多的农民工朋友提供帮助。

　　本书根据农民工朋友进城务工所面临的问题分为七部分：第一部分是介绍进城务工人员进城前应了解的事项，这部分内容主要是让农民工朋友在决定走出家门前做好相应的准备，减少盲目外出带来的困扰；第二部分是农民工进城后在就业时应注意的问题，第三部分是在劳动过程中应注意的问题，第四部分是在维权过程中应注意的问题，第五部分是在劳动争议方面应注意的问题，第二部分至第五部分是本书的重点，围绕农民工进城后遇到的就业、劳动合同、工伤、仲裁等困惑，给予了详细的指导与说明；第六部分为农民工朋友进城定居后应了解的事项，主要包括那些在城里打拼一阶段后，有一定基础的农民工朋友渴求了解的事项；第七部分为案例及解析，笔者搜集了一些典型的、比较具有时代特点的案例，举例说明当面临这些问题时，读者该如何借鉴书中的处理办法，避免走入生活的误区，提高自己的工作能力。

在图书出版之际，感谢在此书编写过程中给予我极大帮助与支持的中国社会保障编辑部向春华专家、大庆市就业局局长吕向阳及我的父亲于滨川先生。

因时间和能力有限，书中内容不尽完善，希望业内人士多多指正。如能对农民工朋友有一些帮助，可慰我心。

编者

农·民·工·权·益·维·护·读·本　　**目录**

## ■ 一　进城前应了解的事项　　①

## ■ 二　在就业时应注意的问题　⑬

## ■ 四　在维权中应注意的问题　　65

## ■五　劳动争议方面应注意的问题　91

## ■ 六　进城定居后应了解的事项　　111

## ■ 七 案例与解析    131

## ■ 附 录 157

# 进城前应了解的事项

 **进城务工人员应具备哪些基本素质?**

　　农民工兄弟在进城之前一定要考量自身的基本素质，看是否能满足出门打工所需要的基本条件，一般的情况下是需要满足下面四项基本条件的：

　　(1) 身体健康。健康的身体是工作的基本保障，很难想象一个体弱多病的人能够承担繁重的体力劳动，即使从事轻松的工作，身体健康也是前提，如果有病，最好在家里养好病后，再出外打工，俗语说得好："在家千日好，出门一日难"。

　　(2) 具有一定的沟通能力。远离家乡，没有较为良好的沟通能力，就不能让别人认识和了解自己，也没办法交朋识友，想把工作做好都很难。如果在家乡时认识不到这个问题，那么出门之后一定要努力克服心理障碍，有意识地锻炼自己的能力，最基本的前提就是要学会说普通话。

　　(3) 具有一定的专业技能。没有一技之长，只能做一些简单的体力劳动，不仅辛苦，收入也偏低；有一技之长，找工作相对容易得多，报酬也较为丰厚。

　　(4) 良好的心理素质。城市并不是想象的遍地是黄金，美好的生活是要靠劳动创造的，创造的过程往往会遇到各种各样的挫折，尤其是对初到城市的农民朋友，自卑感、怯懦感、压抑、对抗等不健康的心理，一定要抛掉。要在打工生活中不断锤炼自己，克服自卑，提高心理素质，增强自信和勇气。

 **进城前应接受哪些方面的培训?**

　　最好能在进城务工前作个基本技能的培训，如电工、

木工、烹饪、家店修理等技能培训，可以在乡镇的劳动就业服务机构、工会、妇联或者与用人单位联合举办的各种培训班上学习。也可以在职业高中、技校、夜校和农业广播电视学校、网络学校等专门的职业培训学校学习。

## 3 进城务工，承包的土地如何处理？

根据国务院《关于解决农民工问题的若干意见》的规定，村委会不得以农民工进城务工为由收回承包地，对有收回的，要予以纠正违法收回行为。农民外出务工期间，如果所承包土地无力耕种，可通过委托代耕或通过转包、出租、转让等形式流转土地经营权，但不能撂荒。

## 4 进城农民工承包的土地被占用时是否可获得占地补偿？

农村土地承包经营权，是指农村土地承包人对其依法承包的土地享有占有、使用、收益和一定处分的权利家庭承包经营。农民包括进城务工的农民工承包的土地享有土地经营权、收益权，享有承包地被征用、占有时依法获得补偿的权利。

## 5 农村土地承包期间，户籍关系发生变更的，应该如何处理？

《农村土地承包法》规定：农村承包的耕地林地在承包

期内因户籍关系发生变化的分为以下两种情况处理：①承包期间，承包方人全家迁入小城镇落户的，应当按照承包方的意愿，保留其土地承包经营权或允许其依法进行土地承包经营权流转；②承包期间，承包方全家迁入设区的市，转为非农业户口的，应当将承包的耕地和草地交会发包方。承包期内，发包方不得调整承包地。

 **6 农村新增人口是否可以重新划分外出务工人员的土地？**

不能因农民外出务工而减少其承包的土地面积。农民工户籍所在地人民政府、有关行政主管部门和村民委员会，应当依法维护农村土地承包关系，不得非法收回和强行流转农民工承包的集体土地。支持和鼓励农民工自愿和依法有偿转让承包集体土地的使用权。

 **7 外出务工前处理所承包的土地应坚持什么原则？**

外出务工前应将自己所承包的土地处理好，处理过程中应坚持：①不得改变土地所有权的性质和土地的农业用途；②流转的期限不得超过承包期的剩余期限；③受让方需有农业经营能力。承包方可以在一定期限内将部分或者全部土地承包经营权转包或者出租给第三方，承包方将土地交由他人代耕不超过一年的，可以不签订书面合同。但与原发包方的承包关系不变。

**知识链接**

进城务工的农民将土地承包经营权采取转包、出租、互换、转让或者其他方式流转，应签订土地承包经营权流转合同，流转合同一般包括以下条款：（一）双方当事人的姓名、住所；（二）流转土地的名称、坐落、面积、质量等级；（三）流转的期限和起止日期；（四）流转土地的用途；（五）双方当事人的权利和义务；（六）流转价款及支付方式；（七）违约责任。

## 8 到城里工作应了解哪些必要的法律常识？

首先，要了解《就业促进法》、《劳动合同法》、《劳动争议调解仲裁法》、《工伤保险条例》等与务工密切相关的劳动保障法律法规知识。其次，对于《治安管理处罚法》、《道路交通安全法》等也要有所了解。

## 9 农民外出务工时需要携带哪些证件、材料？

（1）居民身份证。农民外出务工时，一定要携带能证明自己身份的居民身份证，如暂没有身份证应携带户口本复印件。

（2）婚育证明。16～49周岁的育龄妇女还必须办理《流动人口婚育证明》，持本人身份证，以及1寸照片2张（如果已经结婚，就要带上结婚证），向户口所在地的村委会申请办理《婚育证明》。

（3）学历证明。

（4）技能级别证。如电工操作证、级别证、获奖证书等证明自己工作能力的相关证件，以便于进城后增加就业务工的机会和提高工资待遇。

（5）其他能证明自己特殊身份的证件，如转业军人证、复员军人证等。

## 10 农民外出务工在务工地需要办理哪些证件？

需要办理暂住证。暂住证是公民离开常住户口所在地的市区或者乡、镇，在其他地区暂住的证明。

暂住证由16～55周岁（含16周岁）申领者本人携带本人身份证和户口所在地遵纪守法证明直接到暂住地社区和公安派出所直接受理，并做好登记。

## 11 外出务工的农民还可以参加村民选举吗？

村民委员会选举办法规定：年满18周岁的村民，不分民族、种族、性别、职业、家庭出身、宗教信仰、教育程度、财产状况、居住期限，未被依法剥夺政治权利的，均有选举权和被选举权。因此外出务工的农民仍享有村民选举权。农民工户籍所在地的村民委员会，在组织换届选举或者决定涉及农民工权益的重大事务时，应当及时通知农民工，并通过适当方式保障其行使民主权利。但是离开本村两年以上，并且在选举日前无法与之取得联系、不能进行选民登记的，可以不计入本届选民基数，其选举权在经济居住地行使。

进城务工人员进城后面临的实际状况是什么样的？

进城务工能获得较为丰厚的经济收入，接受很多新鲜事物，增长了见识，同时也能为自己的发展带来机会。但是进城务工人员应认识到进入城市并不是进入了天堂，而是进入到了一个陌生的环境，一个与自己以往生活有着巨大差距、一个与自己想象有着很大差距的地方。要切实地认识到进城后可能会面临的一些困难：①农民工文化水平普遍偏低，缺乏专业技术，找到的工作基本都是苦、脏、累、差的；②农民工工资福利待遇普遍偏低，拖欠现象仍然存在；③劳动强度大，工作环境较差；④缺乏社会保障，社会保险参保状况并不理想；医疗费用较高，社会保障还不是很到位；⑤居住环境较差、业余文化生活较为单调；⑥子女进城后受教育状况不理想，困难较多。因此在进城务工前一定要做好充分的思想准备。

**13** 进城务工人员找工作要注意什么？

农民工要在城里打拼出属于自己的天地，首先就要"入乡随俗"。要了解城镇的社会规范和生活习惯，并且遵守这些规范，这是让城里人接纳的基础。其次要克服强烈的自卑不平衡心理，别太在意别人的目光，朝着自己的目标埋头苦干，正确对待别人善意的批评。保持平和的心态，来为这个陌生的城市作出自己的贡献，让这个城市的人接纳自己、认可自己，实现自己的理想。

**进城后暂时找不到合适的工作该怎么办?**

到城镇后,有可能会遇到暂时找不到工作的情况,这时也不必过分慌张。

首先,应该冷静下来,看看自己带了多少钱,算一算除去回程的车票费用外还能够在城里停留几天。然后想一想当地有哪些人能助你一臂之力,哪些单位或个人可以给你提供找工作的线索。比如住在当地的亲戚朋友,当地的劳务市场,职业介绍机构以及可能用工的地方等。接下来,就该到这些地方去看看,多走多问,积极地自我推荐。不要过于考虑自己原有的手艺,一时找不到发挥自己专长的工作,先做些别的工作也可以。先找份工作,安定下来,以后再找机会从事能发挥自己专长的工作。

在暂时找不到工作的情况下特别要注意两个问题:一是不要立即回家,而要冷静地分析原因,以积极的态度,寻找新的工作机会;二是千万不可以因此而从事一些违法乱纪的工作,使自己遗憾终身。

**租房子应该注意什么问题?**

在找到房子之后,最主要的是考察一下这个房子是否符合相关手续和居住条件,主要考量以下几方面。

(1)要知道出租人是否是这房子的真正主人。可以要求他出示房屋产权证,以免发生不必要的纠纷。

(2)看房屋是否是违章搭建的。如占用公共路面的房屋等,如果租住了这些房屋,遇到检查,可能就会马上被拆除,预交的房租十有八九是要不回来了,会出现居无定

所的被动局面，耽误工作、影响生活；

（3）看房屋是否安全。包括看房屋的结构是否安全、是否过于低矮、是否有通风窗子等，保证居住的安全。

（4）签订租房合同。看好了房子，和房主谈好价钱后，不要依赖于单纯的口头约定，而要签订书面的房屋租赁合同，"口说无凭，立字为据"。这样，如果发生什么纠纷，可以凭借合同寻求有关部门的保护和调解。

## 16 乘坐交通运输工具应注意哪些事项？

（1）需要乘坐汽车、火车、轮船等交通运输工具时，一定要到火车站或者正规售票点买票，以防有票贩子倒卖假票而受骗。要妥善保管好车票，以便保证自己的合法权益遭受侵害时，有凭证证明自己与承运人之间存在着旅客运输合同的法律关系。中途换乘，一定要主动向司乘人员索要车、船票证。

（2）在旅途中，要注意不能随身携带或者在行李中夹带易燃、易爆、有毒、有腐蚀性、有放射性以及有可能危及人身和财产安全的危险物品或者其他违禁物品。违反规定，携带或夹带危险品乘坐交通工具时，公安机关将依法给予行为人警告、罚款、拘留等行政处罚；如果造成危害后果的，还将被追究刑事责任。

## 17 进城务工后如何安排业余生活？

务工之余，不能每天干完活就无所事事，应该对自己的人生作一个规划，每天做点有意义的事，这样既不荒废了时光，也对自己的身心健康有益。

（1）继续学习。命运靠自己把握，只有通过不断地学习，努力提高自己的知识文化水平，掌握一定的劳动技能和专业知识，才能在城里谋一席发展之地。

（2）交朋友。"在家靠父母，出门靠朋友"，一个人在外，还要注意结交一些良师益友，周围的同事、邻居、房东等，要主动联系他们，尽力帮助别人，因为在帮助他人的同时，不但能锻炼自己的交往沟通能力，同时也能拥有一定的人脉资源，这对自己日后的发展是有好处的。只有这样，才能敞开你的心扉面对你周围的人，拥抱你所投身的城市，才能迎接到一个美好的未来。

在没事的时候一定要克服在农村养成的耍牌九打麻将的坏习惯，将自己离家辛苦赚来的钱用在消磨时间上，那还不如不出来。黄色娱乐场所这些地方是背井离乡、离妻别子出门在外的人更不应该做的，一旦被抓住，不但名誉扫地，而且还要背行政罚款、行政拘留。业余时间一味地睡懒觉也容易消磨人的意志和进取心，对身体也不好。

## 18 城里经常遭遇的骗局有哪些？

在城镇里生活可能会遇到各种骗人的把戏。骗术形形色色，各种各样，但其本质都是为了骗钱。下面几种情况是经常发生的，应提高警惕。

（1）银行卡诈骗。某天忽然接到一个电话或者短信，说这里是某某银行或者公安局，说你的银行卡被盗用了，让赶紧去银行 ATM 机旁按电话提示的要求操作，将剩余的钱转移到新的卡号上来。你若轻信后，瞬间就会将自己辛苦几年的所得转到爪哇国去了。

（2）电话费诈骗案。自称电信的工作人员会到家里称电信局搞活动，交几百元的电话费，可多获赠多少钱的电话费、上门服务等。其实是骗子骗钱的骗局，遇到这种情况应该与电信部门直接联系，不要轻易将钱交给陌生人，虽然他带来电信局的工作证。

（3）"金戒指"骗局。当你在某处行走时，会忽然发现地上有一枚金戒指、名表或其他贵重物品，当你发现这个东西的时候，正巧会有另外一个人走过来，说你们两个同时发现这东西，既然同时发现就都有份，但他会做出很大方的样子，说如果你给他多少钱这东西就归你了。通常情况下，对方会作出很大让步，只要你给他很少的钱，捡到的东西就归你。如果你觉得自己很合算，等拿回家细看或者找行家鉴定时，就会发现是假的。

（4）冒充老乡借钱。出来打工的人来自五湖四海，其身份不是一段时间的接触、喝顿酒就能搞得清楚的，尤其是对图谋不轨的骗子，因此千万不要将自己的钱借给不熟悉的人做生意，否则将有可能是肉包子打狗，有去无回。

无论是什么样的骗术，都是利用人们的贪财、占小便宜、胆小怕事的心理，只要我们克服占小便宜的心理，这些骗术是可以识破的。

# 在就业时应注意的问题

 农·民·工·权·益·维·护·读·本

 **农民工干零活是否算就业?**

劳动法意义上的就业是指具有劳动能力的公民在法定劳动年龄内，依法从事某种有报酬或劳动收入的社会活动。因此农民工所从事的短期的零星工作也算是就业。

 **农村富余劳动力是否算失业人群?**

失业是一种经济社会现象，指劳动者在有能力工作、可以工作，并且确实在寻找工作的情况下，不能得到适宜职业而失去收入的情况。失去了土地的农村剩余劳动力应该算是失业人群，其他有土地的农业户籍人员不算是失业人口。

 **国家对农业富余劳动力实施哪些积极的就业政策?**

国家实行城乡统筹的就业政策，建立健全城乡劳动者平等就业的制度，引导农业富余劳动力有序转移就业。

县级以上地方人民政府推进小城镇建设和加快县域经济发展，引导农业富余劳动力就地就近转移就业；在制定小城镇规划时，将本地区农业富余劳动力转移就业作为重要内容。

县级以上地方人民政府引导农业富余劳动力有序向城市异地转移就业；劳动力输出地和输入地人民政府应当互相配合，改善农村劳动者进城就业的环境和条件。

 **农民工参加招聘会时，怎样考量用人单位？**

农民工参加招聘会时，应主要考虑用人单位是否具备招用人员简章、营业执照（副本）或者有关部门批准其设立的文件、经办人的身份证件和受用人单位委托的证明。

招用人员简章应当包括用人单位基本情况、招用人数、工作内容、招录条件、劳动报酬、福利待遇、社会保险等内容，以及法律、法规规定的其他内容。

 **进城务工人员通过职业介绍机构寻找工作应注意哪些问题？**

进城务工人员通过职业介绍机构寻找工作，应当注意了解该机构有无劳动保障部门颁发的职业介绍许可证、企业工商营业执照，同时还应注意该机构的服务项目、收费标准、联系方式等。另外，劳动保障部门开办了免费的公益性的职业介绍中心，那的信息是最真实的，服务是最优质、有保障的。

 **职业介绍机构都有哪些类型？**

职业介绍机构主要有三种形式：一是劳动保障部门开办的职业介绍机构；二是非劳动保障部门开办的职业介绍机构，如政府其他部门、社会团体、企事业单位等；三是公民个人开办的职业介绍机构。

**什么样收费的经营性的职业中介机构是可信的？**

具备下列条件的经营性收费的职介是具有可信度的：
（一）有明确的章程和管理制度；（二）有开展业务必备的
固定场所、办公设施和一定数额的开办资金；（三）有一定
数量具备相应职业资格的专职工作人员；（四）职业介绍许
可证；（五）工商行政管理部门办理登记。

**职业中介机构的哪些行为违法？**

（一）提供虚假就业信息；（二）发布的就业信息中包
含歧视性内容；（三）伪造、涂改、转让职业中介许可证；
（四）为无合法证照的用人单位提供职业中介服务；（五）
介绍未满16周岁的未成年人就业；（六）为无合法身份证件
的劳动者提供职业中介服务；（七）介绍劳动者从事法律、
法规禁止从事的职业；（八）扣押劳动者的居民身份证和其
他证件，或者向劳动者收取押金；（九）以暴力、胁迫、欺
诈等方式进行职业中介活动；（十）超出核准的业务范围经
营；（十一）其他违反法律、法规规定的行为。

**进城务工人员是否可以申请职业培训补贴？**

进城登记求职的农村劳动者及经各类职业培训机构职
业培训后6个月内实现就业的城镇登记失业人员、高校毕业
生、复员转业退役军人，可向培训所在地劳动保障部门申

请职业培训补贴。每人只能享受一次职业培训补贴，不得重复申请。因此进城务工人员想要进行职业培训，并申领职业培训补贴的话，是可以的，但得向相关部门进行求职登记。

## 10 进城务工人员要申请职业培训补贴，应提供哪些材料？

进城务工人员申请职业培训补贴资金，应提供以下材料：本人《居民身份证》及《再就业优惠证》或失业登记证明或求职登记证明等证件的复印件、劳动合同复印件等相关就业证明、职业培训机构开具的行政事业性收费票据（或税务发票），经劳动保障部门审核、财政部门复核后将资金直接发给申请者本人。

## 11 进城务工人员可以享受到哪些公共就业服务？

公共就业服务是指以促进就业为目的，由政府出资，向劳动者提供的公益性即免费的就业服务。

县级以上人民政府设立公共就业服务机构，为劳动者免费提供下列服务：（一）就业政策法规咨询；（二）职业供求信息、市场工资指导价位信息和职业培训信息发布；（三）职业指导和职业介绍；（四）对就业困难人员实施就业援助；（五）办理就业登记、失业登记等事务；（六）其他公共就业服务。

## 12 进城务工人员可以免费参加哪类招聘会而不必支付招聘介绍费?

进城务工人员可以参加地方各级人民政府和有关部门、公共就业服务机构举办的招聘会,这类招聘会不向劳动者收取费用,且信誉、服务好。公共就业服务经费纳入同级财政预算。

## 13 公共就业服务机构是否可以向进城务工的劳动者收取费用?

地方各级人民政府和有关部门、公共就业服务机构举办的招聘会,不得向劳动者收取费用,包括工本费。

## 14 赴境外就业的进城务工的人员应具备什么条件?

中国公民申请境外就业一般应具备以下条件,尤其是公民自身素质更应该达到以下标准,才可以考虑赴境外就业:一是具备一定的适合涉外工作的专业技术;二是要有良好的道德修养,遵守前往国的法律和劳动纪律;三是要有健康的身体,能够适应前往国的气候条件和劳动环境;四是要有必要的语言能力,尤其是应具备直接和外方打交道的外语水平,但一般集体从事劳务者可不必强调外语能力。

## 15 招聘会或者招工广告上是否可以只招聘男农民工？

《就业促进法》明确规定劳动者不因性别而遭受就业歧视，因此普通用工单位非特定工作岗位在招聘会或者招工广告上不可以刊登只招聘单一性别劳动者。

## 16 国家对传染病原携带者在就业方面有哪些规定？

用人单位招用人员，不得以是传染病病原携带者为由拒绝录用。但是，经医学鉴定传染病病原携带者在治愈前或者排除传染嫌疑前，不得从事法律、行政法规和国务院卫生行政部门规定禁止从事的易使传染病扩散的工作。

## 17 用人单位是否可以强制试用期的进城务工人员检查乙肝？

《就业服务与就业管理规定》规定：用人单位招用人员，不得以是传染病病原携带者为由拒绝录用。另外除国家限定行业外，用人单位不得强行将乙肝病毒血清学指标作为体检标准，否则由劳动保障部门责令整改，处以1000元以下罚款，并承担对当事人造成的损害。

## 18 少数民族的农民工在就业方面有何规定？

国家对少数民族的农民工在就业方面没有特别的规定，

只有在少数民族地区有些特殊的民族政策鼓励就业。要遵循
《就业促进法》方面的相关规定：各民族劳动者享有平等的劳
动权利。用人单位招用人员，应当依法对少数民族劳动者给
予适当照顾。国家支持民族地区发展经济，扩大就业。

## 19 农民工残疾后在就业方面可获得哪些税收优惠？

国家有对残疾人个人就业的税收优惠政策，残疾了的
农民工也包括在这些人群中，这些政策是：对残疾人个人
提供的劳务免征营业税；对于残疾人个人提供加工、修理
修配劳务免征增值税；对残疾人的工资、薪金等各类所得，
按照省、自治区、直辖市人民政府规定的减征幅度和期限
减征个人所得税。

## 20 预申请享受税收优惠政策的残疾个人应提供哪些材料？

预申请享受税收优惠政策的残疾人，应当出具主管税
务机关规定的材料：身份证复印件及经残疾人联合会认定
的残疾人证件的复印件，直接向主管税务机关申请减免税。

## 21 农民工从事哪些工作时必须具有职业资格证书？

国家对从事涉及公共安全、人身健康、生命财产安全
等特殊工种的劳动者，实行职业资格证书制度。这类职业

资格属于行政许可类资格。

**知识链接**

何为职业资格？

职业资格是对从事某一职业活动所必备的知识、技术和技能的评价，是技能人员和专业技术人员职业能力和水平的证明。职业资格分为行政许可类与水平能力评价两类职业资格。

## 22 我国职业资格等级分为哪几类？

国家职业资格等级分为初级（五级）、中级（四级）、高级（三级）、技师（二级）、高级技师（一级）五个等级。

## 23 农民工可以到哪些培训机构参加职业培训？

农民工可以到政府鼓励和支持的各类职业院校、职业技能培训机构和用人单位参加各种形式的培训。

**知识链接**

何谓农民工职业培训？

农民工职业培训是指对有意从事非农业工作的农村

劳动者和已在岗的农民工，有针对性地进行职业技能、职业道德、职业纪律、相关法律法规、维权知识以及城市生活常识的培训。

# 三

# 劳动工作过程中应注意的问题

 **什么是劳动合同？分为几类？**

劳动合同是劳动者与用人单位之间确立劳动关系，明确双方权利和义务的协议。

劳动合同可以分为三类：固定期限的劳动合同、无固定期限的劳动合同、以完成一定工作任务为期限的劳动合同。

 **与单位签订的劳动合同，必须具备哪些条款才是合法的？**

劳动合同必备条款为以下九个方面：（一）用人单位的名称、住所和法定代表人或者主要负责人；（二）劳动者的姓名、住址和居民身份证或者其他有效身份证件号码；（三）劳动合同期限；（四）工作内容和工作地点；（五）工作时间和休息休假；（六）劳动报酬；（七）社会保险；（八）劳动保护、劳动条件和职业危害防护；（九）法律、法规规定应当纳入劳动合同的其他事项。

劳动合同除前款规定的必备条款外，用人单位与劳动者可以约定试用期、培训、保守秘密、补充保险和福利待遇等其他事项。

 **招工过程中，用人单位应对劳动者履行哪些告知义务？**

用人单位招用劳动者时，应当如实告知劳动者工作内容、工作条件、工作地点、职业危害、安全生产状况、劳动报酬，以及劳动者要求了解的其他情况。

 **招工过程中劳动者应履行哪些说明义务？**

　　用人单位有权了解劳动者与劳动合同直接相关的基本情况，进城务工的劳动者应当如实说明。

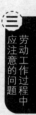

 **虚构工作经历签下来的劳动合同是否有效？**

　　《劳动合同法》规定"用人单位有权了解劳动者与劳动合同直接相关的基本情况，劳动者应当如实说明。"如果用人单位对于求职者的工作经历等招聘条件作为一项重要录用标准，有特别的要求，而劳动者采用欺诈手段虚构工作经历，致使用人单位与其订立劳动合同的，该劳动合同从订立之日起就无效。解除劳动关系时，用人单位不必支付经济补偿金。

 **招工时，是否可以要求进城务工人员提供担保或扣押身份证？**

　　用人单位招用劳动者，不得扣押包括进城务工人员在内的劳动者的居民身份证和其他证件，不得要求劳动者提供担保。

 **法定工作年龄段是多少？**

　　进城务工人员应在劳动合同法所规定劳动者的年龄，

即应当年满 16 周岁，上限一般为尚未享受基本养老保险待遇或退休金的劳动者，即，男 60 周岁、女 50 周岁。

文艺、体育单位招用不满 16 周岁的专业文艺工作者、运动员不在此禁止范围。

## 8 农民工与用人单位建立的口头劳动合同是否就一定无效？

口头劳动合同不能一概视为无效，应根据具体情况而定，要经过劳动仲裁委员会确认其劳动关系是否成立，才能确认其口头劳动合同是否有效。

如果劳动关系成立，其口头劳动合同有效。如果劳动关系不成立，其所谓的口头劳动合同也不是劳动合同，无效。

## 9 建立劳动关系是否一定要订立书面劳动合同？

建立劳动关系，应当订立书面劳动合同。

 知识链接

什么叫劳动关系？

劳动关系，是指用人单位招用劳动者为其成员，劳动者在用人单位的管理下，提供由用人单位支付报酬的劳动而产生的权利义务关系。

## 10 什么情况下应订立无固定期限劳动合同？

有下列情形之一，劳动者提出或者同意续订、订立劳动合同的，除劳动者提出订立固定期限劳动合同外，应当订立无固定期限劳动合同：（一）劳动者在该用人单位连续工作满十年的；（二）用人单位初次实行劳动合同制度或者国有企业改制重新订立劳动合同时，劳动者在该用人单位连续工作满十年且距法定退休年龄不足十年的；（三）连续订立二次固定期限劳动合同，且劳动者没有劳动合同法第三十九条和第四十条第一项、第二项规定的情形，续订劳动合同的。（四）用人单位自用工之日起满一年不与劳动者订立书面劳动合同的，视为用人单位与劳动者已订立无固定期限劳动合同。

### 知识链接

什么是无固定期限劳动合同？

无固定期限劳动合同，是指用人单位与劳动者约定合同无确定终止时间的劳动合同。

## 11 签订了无固定期限劳动合同是否等于端上了铁饭碗？

无固定期限劳动合同不等于铁饭碗，因为它在法定情况下是可以解除终止的，《劳动合同法》第四章规定了劳动

合同解除与终止的条件，只要满足这些法定条件，就可以解除或终止劳动合同。因此无固定期限劳动合同在法定解除范围之内，农民工在工作中只要触犯了这些规定，也会被用人单位解除劳动合同。

## 12 用人单位是否可以以发生变更为由，拒绝履行劳动合同？

按照劳动合同法的规定，用人单位变更名称、法定代表人或者主要负责人、投资人的，不影响劳动合同的履行。因此不可以抗拒进城务工人员要求履行劳动合同的请求。

## 13 建立劳动关系后，多长时间内应签订劳动合同？

已建立劳动关系，未同时订立书面劳动合同的，应当自用工之日起一个月内订立书面劳动合同。

## 14 预签了劳动合同但未实际用工，二者之间是否存在劳动关系？

用人单位与进城务工人员预签了劳动合同，但未实际用工，劳动合同订立之日至实际用工之日期间，双方之间不存在劳动关系。劳动关系自用工之日起建立。

**15** **为了行动自由，农民工不签订劳动合同能行吗？**

劳动者自用工之日起1个月内，经用人单位书面通知后，拒不签订书面劳动合同的，用人单位可以书面通知劳动者终止劳动关系，无需向劳动者支付经济补偿。因此劳动者必须签订劳动合同，否则就面临失去这个工作的结局。

 **16** **劳动合同何时生效？**

劳动合同由用人单位与劳动者协商一致，并经用人单位与劳动者在劳动合同文本上签字或者盖章后，即时生效。

 **17** **用人单位应当为进城务工人员缴纳哪些社会保险？**

用人单位应当为进城务工人员缴纳以下五项社会保险：养老保险、医疗保险、生育保险、工伤保险、失业保险。

**18** **进城务工人员缴纳医疗保险的比例是多少？**

用人单位基本医疗保险费的缴费率为上年度在职职工工资总额的6％，参保人员个人缴费率为2％。

## 19 进城务工人员缴纳工伤保险的比例是多少？

工伤保险的缴费比例根据不同行业的工伤风险程度，分别实行不同的工伤保险缴费率，分别是用人单位职工工资总额的 0.5％、1.0％和 2.0％。行业划分为三个类别：一类为风险较小行业，二类为中等风险行业，三类为风险较大行业。

## 20 进城务工人员缴纳养老保险的比例是多少？

养老保险缴费比例因个地不同而有不同的缴费比例，但大致都分别规定在：用人单位缴纳上年度在职职工工资总额的 20％，个人缴纳 8％左右。

## 21 用人单位与劳动者如何缴纳生育保险？

生育保险缴费比例因各地不同而有不同的缴费比例，一般应缴纳用人单位上年度在职职工工资总额的 0.6％～1％之间，职工个人不缴纳生育保险费。

## 22 进城务工人员缴纳失业保险的比例是多少？

失业保险缴费比例因各地不同而有不同的缴费比例，一般为：用人单位缴纳上年度在职职工工资总额的 2％，个人缴纳 1%。

## 23 包括农民工在内的劳动者可以享受哪些带薪法定假期？

劳动者可以在享受年休假、探亲假、婚假、丧假期间，由用人单位按劳动合同规定的工资标准支付薪水。

## 24 劳动者可以休几天婚假？

包括农民工在内的所有职工本人结婚，可享受婚假 3 天。晚婚者（男年满 25 周岁、女年满 23 周岁）另增加 10 天。企业应按劳动合同的工资标准支付工资。

## 25 劳动者可以休几天丧假？

包括农民工在内的所有职工的直系亲属（父母、配偶、子女）死亡，可给予 3 天以内丧假。职工配偶的父母死亡，经单位领导批准，可给予 3 天以内丧假。企业应按劳动合同的工资标准支付工资。

## 26 女职工可以休几天生育假？

包括农民工在内的所有女职工生育，正常产假 90 天，其中产前休假 15 天。因难产而剖腹、Ⅲ度会阴破裂者，增加产假 30 天；吸引产、钳产、臀位牵引产者，增加产假 15 天（前两项不能相加计算）；多胞胎生育的，每多生育一个

婴儿增加产假 15 天；实行晚育者（24 周岁后生育第一胎）增加产假 15 天；领取《独生子女优待证》者增加产假 35 天，同时给假予男配偶 10 至 15 天。企业应按劳动合同的工资标准支付工资。

## 27 女工可以休多长时间流产假？

包括农民工在内的所有女职工（只限于领取"同意生育通知书"或"生育证"的流产假）：怀孕不满 2 个月的 15 天；不满 4 个月的 30 天；怀孕满 4 个月以上（含 4 个月）至 7 个月以下流产的流产假 42 天；满 7 个月以上遇死胎、死产和早产不成活的给予 75 天产假。企业应按劳动合同的工资标准支付工资。

## 28 国家对妇女的劳动权利做出了哪些保护性规定？

国家保障妇女享有与男子平等的劳动权利。用人单位招用人员，除国家规定的不适合妇女的工种或者岗位外，不得以性别为由拒绝录用妇女或者提高对妇女的录用标准。

## 29 女职工禁止从事的工作范围？

①矿山井下作业；②森林业伐木、归楞及流放作业；③《体力劳动强度分级》标准中第Ⅳ级体力劳动强度的作业；④建筑业脚手架的组装和拆除作业，以及电力、电信行业的高处架线作业；⑤连续负重（指每小时负重次数在

六次以上）每次负重超过二十公斤，间断负重每次负重超过二十五公斤的作业。

## 30 女职工在月经期禁忌的工作范围？

①食品冷冻库内及冷水等低温作业；②《体力劳动强度分级》标准中第Ⅲ级体力劳动强度的作业；③《高处作业分级》标准中第Ⅱ级（含Ⅱ级）以上的作业。

## 31 女职工在孕期禁忌的工作范围？

已婚待孕女职工禁忌从事的劳动范围：铅、汞、苯、镉等作业场所属于《有毒作业分级》标准中第Ⅲ、Ⅳ级的作业。

①作业场所空气中铅及其化合物、汞及其化合物、苯、镉铍、砷、氰化物、氮氧化物、一氧化碳、二硫化碳、氯、己内酰胺、氯丁二烯、氯乙烯、环氧乙烷、苯胺、甲醛等有毒物质浓度超过国家卫生标准的作业；②制药行业中从事抗癌药物及已烯雌酚生产的作业；③作业场所放射性物质超过《放射防护规定》中规定剂量的作业；④人力进行的土方和石方作业；⑤《体力劳动强度分级》标准中第Ⅲ级体力劳动强度的作业；⑥伴有全身强烈振动的作业，如风钻、捣固机、锻造等作业，以及拖拉机驾驶等；⑦工作中需要频繁弯腰、攀高、下蹲的作业，如焊接作业；⑧《高处作业分级》标准所规定的高处作业。

## 32 女职工在哺乳期禁忌的工作范围？

①作业场所空气中铅及其化合物、汞及其化合物、苯、

镉、铍、砷、氰化物、氮氧化物、一氧化碳、二硫化碳、氯、己内酰胺、氯丁二烯、氯乙烯、环氧乙烷、苯胺、甲醛等有毒物质浓度超过国家卫生标准的作业；②第六条中第5项的作业：《体力劳动强度分级》标准中第Ⅲ级体力劳动强度的作业；③作业场所空气中锰、氟、溴、甲醇、有机磷化合物、有机氯化合物的浓度超过国家卫生标准的作业。

## 33 用人单位不允许女工结婚怎么办？

用人单位录用女职工，不得在劳动合同中规定限制女职工结婚的内容。因此用人单位限制某些岗位的女职工结婚是违法的，女工可以到劳动监察部门进行举报。

## 34 用人单位每月可以扣工资的比例是多少？

用人单位每月可以扣除（包括农民工在内的劳动者）应赔偿由其本人所造成的经济损失的比例，最高不能超过20％。如果扣除20％后剩余的工资低于当地最低工资标准的，则应给劳动者保留最低工资标准数额的人民币。

## 35 用人单位是否可以以试用期为借口支付低于最低工资标准的工资给刚进城务工人员？

劳动者在试用期间的工资必须同时满足下面三个条件：①不低于用人单位所在地最低工资标准；②不低于劳动合同约定工资的80％；③不低于本单位相同岗位最低档工资的80％。

**知识链接**

什么是工资?

工资又称报酬,是指劳动关系中,劳动者因履行劳动义务而获得的,由用人单位以法定形式支付的各种形式的物质补偿,包括计时或计件基本工资、奖金、津贴和补贴等货币性收入。

什么是最低工资标准?

最低工资是指劳动者在法定工作时间内提供了正常劳动的前提下,其所在用人单位应支付的最低劳动报酬。

最低工资标准的确定应参考政府统计部门提供的当地就业者及其赡养人口的最低生活费用、职工的平均工资、劳动生产率、城镇就业状况和经济发展水平等因素。其应高于当地的社会救济金、失业保险金标准,低于平均工资标准。

## 36 签订哪些劳动合同不能约定试用期?

非全日制用工、以完成一定工作任务为期限的劳动合同或者劳动合同期限不满三个月的劳动合同,不能约定试用期。

## 37 劳动合同试用期是如何规定的?

劳动合同期限三个月以上不满一年的,试用期不得超

农·民·工·权·益·维·护·读·本

过一个月；劳动合同期限一年以上不满三年的，试用期不得超过二个月；三年以上固定期限和无固定期限的劳动合同，试用期不得超过六个月。

**38** 用人单位与员工是否可以签订只有试用期的劳动合同？

用人单位与进城务工人员签订只有试用期的劳动合同，视为没有试用期，该期限为劳动合同期限。

**39** 试用期内的员工与用人单位是否存在劳动关系？

在试用期内的进城务工人员也属于用人单位的职工，享有与其他劳动者除试用期相关规定之外相同的待遇，即试用期内的职工与用人单位之间存在劳动关系。

**40** 签订一年期限的劳动合同，试用期可以约定三个月吗？

劳动合同期限不同，试用期的长短也应不同。如果单位只签一年劳动合同，根据《劳动合同法》第十九条规定"劳动合同期限三个月以上不满一年的，试用期不得超过一个月；劳动合同期限一年以上不满三年的，试用期不得超过二个月；三年以上固定期限和无固定期限的劳动合同，试用期不得超过六个月。"因此签一年期的劳动合同，应根据"劳动合同期限一年以上不满三年的，试用期不得超过二个月”的规定，一年以上应包含一年本数范围内的规定，试用期不能超过二个月，所以一年期限的劳动合同约定三个月的试用期是违法的。

 **41 试用期是否包含在劳动合同期限内？**

《劳动合同法》第十九条规定"试用期包含在劳动合同期限内。"

 **42 等到试用合格后再签订劳动合同的作法是否合法？**

用人单位不可以对试用期内的劳动者不签订正式的劳动合同。等到劳动者"转正"以后再签订劳动合同是不合法的。

 **43 劳动合同可以任意解除吗？**

劳动合同的解除只能是合同当事人用人单位与劳动者双方依法提前终止劳动合同，也就是说解除劳动合同要合法，不能任意解除劳动合同。

 **44 经过几次调岗后不能胜任工作，用人单位是否可以解除劳动合同？**

劳动者不能胜任工作，经过一次培训或者调整工作岗位后，仍不能胜任工作的，用人单位可以解除与之的劳动

合同。但也需提前三十日以书面形式通知劳动者本人或者额外支付劳动者一个月工资后，方可以解除。

## 45 在哪些情形下，用人单位不得单方面解除劳动合同？

一般情况下，用人单位不得单方解除下列人员包括进城务工人员的劳动合同：①从事接触职业病危害作业的劳动者未进行离岗前职业健康检查，或者疑似职业病病人在诊断或者医学观察期间的；②在本单位患职业病或者因工负伤并被确认丧失或者部分丧失劳动能力的；③患病或者非因工负伤，在规定的医疗期内的；④女职工在孕期、产期、哺乳期的；⑤在本单位连续工作满十五年，且距法定退休年龄不足五年的；⑥法律、行政法规规定的其他情形。

但在具有单方解除权的情况下，支付了相应的经济补偿之后可以解除劳动关系。

## 46 用人单位可以解除与患职业病或者因工负伤并被确认丧失或者部分丧失劳动能力的农民工的劳动合同吗？

根据工伤保险相关政策的规定，完全丧失劳动能力的即伤残一至四级的，只有农民工本人要求解除与用人单位的劳动关系的，在一次性支付各项工伤待遇后，可以解除与用人单位的劳动合同，对于其他非农民工劳动者不可以解除与用人单位的劳动关系。

大部分丧失劳动能力包括农民工在内的劳动者即五至六级的伤残职工，本人自愿解除与单位的劳动合同，在支付了各项伤残待遇后，可以解除劳动合同。包括农民工在内的部分丧失劳动能力即工伤伤残七至十级的工伤职工，用人单位支付了各项伤残待遇后，根据实际情况需要可以解除与其之间的劳动合同。解除时，还需按劳动合同法规定支付经济补偿金。

**47** 生病没有好的情况下，单位可以解除劳动合同吗？

如果劳动者没有《劳动合同法》规定的有过失的情况，在经济性裁员时不得解除与在规定的医疗期内的患病或者非因工负伤的包括农民工在内的劳动者的劳动合同，将生病的农民工不负责任地推向社会。

**48** 女工在孕产哺乳三期的劳动合同，在什么情况下可以解除？

①在试用期间被证明不符合录用条件的；②严重违反用人单位的规章制度的；③严重失职，营私舞弊，给用人单位造成重大损害的；④劳动者同时与其他用人单位建立劳动关系，对完成本单位的工作任务造成严重影响，或者经用人单位提出，拒不改正的；⑤在欺诈胁迫、乘人之危情况下订立，致使劳动合同无效的；⑥被依法追究刑事责任的。

## 49 可以解除处于孕产哺乳三期但劳动合同期已满女工的劳动合同吗？

不可以解除孕产哺乳三期但劳动合同期已满女工的劳动合同，应顺延至孕、产、乳三期满。

## 50 妇女权益保障法对女工劳动权益作了哪些规定？

（1）保障妇女的平等就业权利。

（2）保障妇女平等地享受报酬的权利。

（3）在晋职、晋级、评定专业技术职务等方面，应当坚持男女平等的原则，不得歧视妇女。

（4）用人单位应根据妇女的特点，依法保护妇女在工作和劳动时的健康和安全，不得安排不适合妇女从事的工作和劳动；使妇女在孕期、经期、产期和哺乳期享受特殊保护。

（5）任何单位不得以结婚、怀孕、产假、哺乳为由，辞退女职工或者单方解除劳动合同。

（6）保障年老、疾病或者丧失劳动能力的妇女获得物质帮助的权利。

## 51 对于未满16周岁未成年人进城务工就业，国家有哪些保护性规定？

包括以下内容：

（1）禁止国家机关、社会团体、企事业单位和个体工商户、农户、城镇居民等使用童工；

（2）禁止职业介绍机构以及其他单位和个人为未满 16 周岁的少年儿童介绍职业；

（3）禁止各级工商行政管理部门为未满 16 周岁的少年儿童颁发个体营业执照；

（4）父母或其他监护人不得允许未满 16 周岁的子女或被监护人做童工。

对于文艺、体育和特种工艺单位，由于工作性质和特点，需要招用未满 16 周岁的文艺工作者、运动员和艺徒时，需经县以上劳动行政部门批准。按规定批准招用少年、儿童就业，用人单位应当切实保证他们的身体健康，促进他们在德、智、体诸方面健康成长，并负责创造条件，保证少年儿童依法享受当地规定的义务教育。

## *52* 未成年工劳动保护有哪些内容？

未成年工一般是指年满 16 周岁未满 18 周岁的劳动者。

（1）禁止安排未成年工从事矿山井下等特别繁重的劳动和对未成年工身体健康特别有害的工作；

（2）用人单位录用未成年工时，应对其进行体格检查，合格者方能录用，录用后要定期进行健康检查；

（3）提供适合未成年工身体状况的劳动条件；

（4）组织、指导未成年工的业余文化、技术学习，帮助他们提高文化技术水平；

（5）必要时要缩短工作时间，延长年休假的假期；

（6）禁止安排未成年工加班加点。

## 53 用人单位不得安排未成年工从事哪些工作？

（1）《生产性粉尘作业危害程度分级》国家标准中第一级以上的接尘作业；

（2）《有毒作业分级》国家标准中第一级以上的有毒作业；

（3）《高处作业分级》国家标准中第二级以上的高处作业；

（4）《冷水作业分级》国家标准中第二级以上的冷水作业；

（5）《高温作业分级》国家标准中第三级以上的高温作业；

（6）《低温作业分级》国家标准中第三级以上的低温作业；

（7）《体力劳动强度分级》国家标准中第四级体力劳动强度作业；

（8）矿井下及矿山地面采石作业；

（9）森林业中的伐木、流放及守林作业；

（10）工作场所中接触放射性物质的作业；

（11）有易燃易爆、化学性烧伤和热伤等危险性大的作业；

（12）地质勘探和资源勘探的野外作业；

（13）潜水、涵洞、涵道作业和海拔 3000 米以上的高原作业（不包括世居高原者）；

（14）连续负重每小时在 6 次以上并每次超过 20 公斤，间断负重每次超过 25 公斤的作业；

（15）使用凿岩机、捣固机、气镐、气铲、铆钉机、电锤的作业；

（16）工作中需要长时间保持低头、弯腰、上举、下蹲等强迫体位和动作频率每分钟大于 50 次的流水作业；

（17）锅炉司炉。

## 54 对从事接触职业病危害作业的农民工有什么特殊保护规定？

用人单位对从事接触职业病危害作业的农民工，应当按照国家规定组织上岗前、在岗期间和离岗时的职业健康检查。用人单位对从事接触职业病危害作业的农民工，离岗前未进行职业健康检查的，不得解除劳动合同。用人单位未对从事接触职业病危害作业的农民工进行职业健康检查的，由县级以上人民政府卫生行政部门责令限期改正，给予警告，可以并处罚款。发生此种情况，农民工可以向所在地卫生局卫生监察科举报。

## 55 对农民工的工资有什么特殊规定？

农民工与本单位其他职工实行同工同酬。农民工工资的确定和增长与本单位其他职工同等对待。

农民工提供正常劳动后，当月收入除延长工作时间工资，在中班、夜班、高温、低温、井下、有毒有害等特殊工作环境、条件下的津贴，法律、法规和国家规定的福利待遇之外，不得低于当地同行业最低工资标准。

## 56 建设部门出台哪些政策确保农民工的工资不被拖欠？

建设部主要从建设资金方面做出了保障性的规定，以便在最后发放农民工工资的环节不出现漏洞：对建设资本金不落实

三 劳动工作过程中应注意的问题

的项目，计划部门不予批准立项，建设行政主管部门不予办理开工手续；对于已完工程未按照合同约定结清工程款的，其新建项目计划部门不批准立项，规划、建设行政主管部门不颁发规划许可、施工许可证；对于不按照合同约定结算工程款的竣工工程，在其办理竣工验收备案时，应当依法停止使用，重新组织竣工验收，对于房地产项目不得办理权属登记手续。各级建设行政主管部门要积极推进信用制度的建设，建立健全信用档案和记录，对不按合同约定支付工程款的，不按合同约定支付劳动者工资的，要记入信用档案，公之于众。

## 57 建筑企业可以把农民工工资发给中间的包工头吗？

《建设领域农民工工资支付管理暂行办法》（劳建部发〔2004〕22 号）第七条明确规定"企业应将工资直接发放给农民工本人，严禁发放给'包工头'或其他不具备用工主体资格的组织和个人。企业可委托银行发放农民工工资。"并且在第八条规定"企业支付农民工工资应编制工资支付表，如实记录支付单位、支付时间、支付对象、支付数额等工资支付情况，由支付对象签字，并定期如实向当地劳动和社会保障行政部门及建设行政主管部门报送本单位工资支付情况。保存两年以上备查。"

## 58 农民工可以向政府哪个部门对安全生产事故进行投诉？

农民工对安全生产事故可以向安全生产监督局进行投

诉，因为用人单位违反劳动安全生产规定造成农民工伤害事故的，由安全生产监督管理部门依法查处。

##  农民工可以申请职称评定吗？

农民工在评定职称技术等级、晋升职务、评选劳动模范或者先进生产者等方面享有同等权利。

## 60 用人单位必须支付经济补偿金后方可解除劳动合同的情形有哪几种？

有下列情形之一的，用人单位应当向包括农民工在内的劳动者支付经济补偿后，方可解除劳动合同：①劳动者依照劳动合同法第三十八条由于用人单位的过错解除劳动合同的；②用人单位依照劳动合同法第三十六条规定与劳动者协商一致解除劳动合同的；③用人单位依照劳动合同法第四十条劳动者患病或非因工负伤、经过培训调岗后仍不能胜任工作、订立合同所依据的客观情况发生重大变化的，需提前三十日预告或者额外支付一个月工资后可以解除劳动合同的；④用人单位依破产法重整而解除劳动合同的；⑤除用人单位维持或者提高劳动合同约定条件续订劳动合同，劳动者不同意续订的情形外，劳动合同期限满终止固定期限劳动合同的；⑥依照劳动合同法第四十四条第四项、第五项用人单位被宣告破产、被吊销营业执照、被责令关闭、撤销或者提前解散而终止劳动合同的；⑦法律、行政法规规定的其他情形。

### 61 什么情形下劳动合同可自行终止?

有下列情形之一的:①劳动合同期满的;②劳动者开始依法享受基本养老保险待遇的;③劳动者死亡,或者被人民法院宣告死亡或者宣告失踪的;④用人单位被依法宣告破产的;⑤用人单位被吊销营业执照、责令关闭、撤销或者用人单位决定提前解散的;⑥法律、行政法规规定的其他情形。

### 62 解除劳动合同时,农民工的经济补偿金与城镇职工的标准一样吗?

在同一个单位工作的农民工与城镇职工在解除劳动合同关系时,所应获得的经济补偿金的赔偿标准与额度相同情形下是一致的。不存在身份差别。

### 63 经济补偿金的计算标准是如何规定的?

经济补偿金按劳动者在本单位工作的年限,每满一年支付一个月工资的标准向劳动者支付。六个月以上不满一年的,按一年计算;不满六个月的,向劳动者支付半个月工资的经济补偿。

### 64 解除劳动合同支付经济补偿金的月工资标准是如何确定的?

支付经济补偿金时,劳动者的月工资是指劳动者在劳动合同解除或者终止前十二个月的平均工资。

## 65 经济补偿金的工资计算标准的最低标准是如何规定的?

计算经济补偿金的工资标准应按劳动者在劳动合同解除或者终止前十二个月的平均工资计算。劳动者前十二个月平均收入低于所在地最低工资标准的,应按最低工资标准支付。

## 66 用人单位企业注册地与劳动合同履行地不一致的,以哪个地市的标准计算农民工的工资标准?

《劳动合同法实施条例》规定:劳动合同履行地与用人单位注册地不一致的,有关劳动者的最低工资标准、劳动保护、劳动条件、职业危害防护和本地区上年度职工月平均工资标准等事项,按照劳动合同履行地的有关规定执行;用人单位注册地的有关标准高于劳动合同履行地的有关标准,且用人单位与劳动者约定按照用人单位注册地的有关规定执行的,从其约定。因此在计算劳动者工资标准时也应以合同履行地的标准计发。

## 67 在什么情况下农民工可获得赔偿金?

用人单位违反劳动合同法规定,解除或者终止劳动合同,农民工不要求继续履行劳动合同或者劳动合同已经不能继续履行的,应当依照经济补偿标准的二倍向劳动者支

付赔偿金。

**用人单位解除劳动合同时支付了赔偿金，
是否还需支付经济补偿金？**

《劳动合同法实施条例》规定：用人单位违反劳动合同
法的规定解除或者终止劳动合同，依照劳动合同法的规定
支付了赔偿金的，不再支付经济补偿。因为惩罚性的赔偿
金已经代替了经济补偿金的作用。赔偿金的计算年限自用
工之日起计算。

**什么情况下解除劳动合同时应向用人单位
支付违约金？**

包括农民工在内的劳动者只有在违反了服务期与竞业
限制这两种情况下才需要支付违约金，其他情况下不能约
定让劳动者承担违约金。服务期违约金指"用人单位为劳
动者提供专项培训费用，对其进行专业技术培训的，可以
与该劳动者订立协议，约定服务期。劳动者违反服务期约
定的，应当按照约定向用人单位支付违约金。违约金的数
额不得超过用人单位提供的培训费用。用人单位要求劳动
者支付的违约金不得超过服务期尚未履行部分所应分摊的
培训费用。"竞业限制违约金指"用人单位与劳动者可以在
劳动合同中约定保守用人单位的商业秘密和与知识产权相
关的保密事项。对负有保密义务的劳动者，用人单位可以
在劳动合同或者保密协议中与劳动者约定竞业限制条款，
并约定在解除或者终止劳动合同后，在竞业限制期限内按

月给予劳动者经济补偿。劳动者违反竞业限制约定的，应当按照约定向用人单位支付违约金。"

## 70 劳动合同法规定劳动者支付违约金数额的上限是多少？

用人单位要求劳动者支付的违约金的数额上限不得超过用人单位提供的培训费用，且也不得超过服务期尚未履行部分所应分摊的培训费用。

## 71 与用人单位约定劳动合同后，劳动报酬是否就按合同不变了？

与用人单位约定劳动合同后，在服务期内不影响应按照正常的工资调整机制提高其在服务期期间的劳动报酬。

## 72 什么样的劳动合同是无效的？

下列劳动合同无效或者部分无效：①以欺诈、胁迫的手段或者乘人之危，使对方在违背真实意思的情况下订立或者变更劳动合同的；②用人单位免除自己的法定责任、排除劳动者权利的；③违反法律、行政法规强制性规定的。

## 73 无效劳动合同是否必须由劳动仲裁部门确认？

对劳动合同的无效或者部分无效有争议的，由劳动争议

仲裁机构先进行裁决，当事人不服的再由人民法院进行判决。

 **劳动合同部分无效，其他部分效力如何确定？**

劳动合同部分无效，不影响其他部分效力的，其他部分仍然有效，应继续履行。

 **劳动合同无效，是不是就算白干了？**

劳动合同被确认无效，包括进城务工人员在内的劳动者已付出劳动的，用人单位应当向劳动者支付劳动报酬。劳动报酬的数额，参照本单位相同或者相近岗位劳动者的劳动报酬确定，而不能以劳动合同无效为由不支付进城务工人员劳动报酬。

 **劳动合同被确认无效，过错方应承担什么责任？**

劳动合同被确认无效，给对方造成损害的，有过错的一方应当承担赔偿损失的责任。

 **被劳务派遣单位派出的农民工与哪个单位存在劳动关系？**

劳务派遣单位是被派出劳动者的用人单位，应当履行用人单位对劳动者的义务，因此劳务派遣单位应当与被派遣劳动者订立劳动合同，二者之间存在劳动关系，所订立的劳动合同除应当载明普通劳动合同应载明的事项外，还应当载明被派遣劳动者的用工单位以及派遣期限、工作岗位等情况。

## 78 被派遣的务工人员与单位签订的劳动合同最短应是多少时间？

劳务派遣单位应当与被派遣的务工人员订立劳动合同，至少应是二年以上，以保证务工人员的长期工作权益，避免用工单位与劳动派遣单位的短期不负责的行为。

## 79 在劳动合同期限内的被劳务派遣劳动者，在无工作期间是否还能有收入？

在劳动合同期限内被派遣的劳动者即使在无工作期间，劳务派遣单位也应当按所在地人民政府规定的最低工资标准，向其按月支付报酬，以保证这种特殊短期、临时性工种的劳务派遣工有工资性收入。

## 80 进城务工人员作劳务派遣工，他的工资也增长吗？

进城务工人员作劳务派遣工，不用担心自己的工资问题，国家法律规定：被派遣劳动者的工资待遇应按照用工单位正常的工资调整机制给予调整增长。那么就是说劳务派遣工的工资也是要随着物价、经济的发展进行增长的。

### 81 劳务派遣单位是否可以收取进城务工人员中介费用或者扣取部分劳动报酬作为风险抵押?

劳务派遣单位和用工单位不得向被派遣劳动者收取费用,不得克扣用工单位按照劳务派遣协议支付给被派遣劳动者的劳动报酬。

### 82 应按照什么地方的标准支付跨地区工作的被劳务派遣工的劳动报酬与条件?

劳务派遣单位跨地区派遣劳动者的,被派遣劳动者享有的劳动报酬和劳动条件,按照用工单位所在地的标准执行。

### 83 被劳务派遣的劳动者能够享有哪些待遇?

应享有用工单位提供的下列待遇:①执行国家劳动标准,提供相应的劳动条件和劳动保护;②告知被派遣劳动者的工作要求和劳动报酬;③支付加班费、绩效奖金,提供与工作岗位相关的福利待遇;④对在岗被派遣劳动者进行工作岗位所必需的培训;⑤连续用工的,实行正常的工资调整机制。

### 84 用工单位是否可以将被派遣劳动者再次派遣到其他用人单位?

用工单位不得将被派遣劳动者再次派遣到其他用人单位。

## 85 劳务派遣单位是否可以与劳动者订立以完成一定工作任务为期限的劳动合同?

劳务派遣单位不得与劳动者订立以完成一定工作任务为期限的劳动合同。因为《劳动合同法》规定劳务派遣单位只能与被派遣劳动者订立二年以上的有固定期限的劳动合同。

## 86 劳务派遣单位与职工解除或者终止劳动合同时,是否也需支付经济补偿金?

劳务派遣单位支付经济补偿金的情形与其他用人单位遵守同样的法律规定,必须按照法定情形支付经济补偿金。

## 87 进城务工人员在做非全日制工即钟点工时是否也必须订立书面劳动合同?

非全日制用工双方当事人既可以订立书面劳动合同,也可以订立口头协议。

## 88 非全日制用工是不是就是钟点工?

非全日制用工是指以小时计酬为主,劳动者在同一用人单位一般平均每日工作时间不超过四小时,每周工作时间累计不超过二十四小时的用工形式。也就是俗语所说的钟点工。

### 89 从事非全日制工即钟点工的进城务工人员可以同时订立几个劳动合同?

从事非全日制用工的进城务工的劳动者可以与一个或者一个以上用人单位订立劳动合同,但是,后订立的劳动合同不得影响先订立的劳动合同的履行。

### 90 非全日制工即钟点工是否也需约定试用期?

非全日制用工双方当事人不得约定试用期。

### 91 钟点工是否可以随时随地解除劳动关系?

非全日制工(即钟点工)双方当事人任何一方都可以随时通知对方终止用工,而且解除劳动关系,不必承担任何补偿责任。

### 92 钟点工报酬的最低限额是多少?

钟点工小时计酬标准不得低于用人单位所在地人民政府规定的最低小时工资标准。

### 93 钟点工的工资多长时间结算一次?

钟点工劳动报酬结算支付周期最长不得超过十五日。

**94** 非全日制工（即钟点工）解除劳动合同时，是否可获得经济补偿金？

用人单位解除与非全日制用工的劳动合同不需要向劳动者支付经济补偿金。

**95** 对用人单位违法解除或者终止劳动合同的，应当如何处理？

用人单位违反本法规定解除或者终止劳动合同的，应当按照经济补偿金标准的二倍向劳动者支付赔偿金。这种赔偿属于惩罚性质。

**96** 用人单位以暴力、威胁或者非法限制人身自由、体罚、殴打的手段强迫农民工劳动的，怎么办？

用人单位有下列情形之一的，由专门国家机关依法给予用人单位相应的行政处罚；构成犯罪的，依法追究用人单位强迫劳动罪等罪责的刑事责任；给劳动者造成损害的，承担相应的赔偿责任：①以暴力、威胁或者非法限制人身自由的手段强迫劳动的；②违章指挥或者强令冒险作业危及劳动者人身安全的；③侮辱、体罚、殴打、非法搜查或者拘禁劳动者的；④劳动条件恶劣、环境污染严重，给劳动者身心健康造成严重损害的。

## 97 用人单位出具的终止、解除劳动合同的证明应当具有哪些内容？

用人单位出具的终止、解除劳动合同的证明应当写明劳动者姓名、劳动合同期限、终止或者解除的日期、工作岗位、在本单位的工作年限。

## 98 为没有法人资质的用人单位打工的农民工，能获得劳动报酬吗？

为不具备合法经营资格的用人单位打工，劳动者已经付出劳动的，该单位或者其出资人应当依照劳动合同法有关规定向劳动者支付劳动报酬、经济补偿或赔偿金；给劳动者造成损害的，应当承担赔偿责任。

## 99 用人单位拖欠或者未足额支付劳动报酬，双方无异议，农民工怎么办程序最简便？

用人单位拖欠或者未足额支付劳动报酬，双方无异议的，可以依法直接向当地人民法院申请支付令，人民法院经审查无异议的，可以依法发出支付令。

## 100 用人单位是否可以代为保管劳动者的技能证书等证件？

《劳动合同法》规定不可以扣押所招用劳动者的身份证

与其他证件，其他证件就包含了技能证书、学历证明、资格证等与劳动者就业相关的各类证件。

## 101 用人单位招用农民工时是否可以要求其提供担保人？

"担保"在法律上既指物的担保，也指人的担保。因此用人单位在招用劳动者过程中即不可以要求劳动者交付担保金，也不应要求其提供担保人。

## 102 用人单位招用进城务工人员时是否可以收取风险抵押金？

劳动合同法规定不得以其他名义向劳动者收取财物，其含义是指劳动者为与用人单位建立劳动关系，而被迫向用人单位交付的有关财物，如服装费、保证金、风险金等名目的财物，这种行为是违法的。

## 103 厂家的驻店促销员应与厂家还是商家签订劳动合同？

厂家的促销员驻店工作的，促销员应与厂家签订劳动合同。但是商家的营业员负责促销某厂家的货物，则应与商家签订劳动合同。

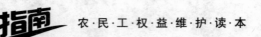

 农·民·工·权·益·维·护·读·本

## 104 用人单位不与农民工订立书面劳动合同怎么办?

用人单位自用工之日起超过 1 个月不满 1 年未与劳动者订立书面劳动合同的,应当向劳动者每月支付两倍的工资。用人单位自用工之日起满 1 年不与劳动者订立书面劳动合同的,视为用人单位与劳动者已订立无固定期限劳动合同。这些惩罚性规定就是对用人单位不订立书面劳动合同的惩戒。

## 105 农民工与用人单位之间哪些争议可以申请劳动保障监察部门处理?

劳动保障行政部门对下列事项实施劳动保障监察:①用人单位制定内部劳动保障规章制度的情况;②用人单位与劳动者订立劳动合同的情况;③用人单位遵守禁止使用童工规定的情况;④用人单位遵守女职工和未成年工特殊劳动保护规定的情况;⑤用人单位遵守工作时间和休息休假规定的情况;⑥用人单位支付劳动者工资和执行最低工资标准的情况;⑦用人单位参加各项社会保险和缴纳社会保险费的情况;⑧职业介绍机构、职业技能培训机构和职业技能考核鉴定机构遵守国家有关职业介绍、职业技能培训和职业技能考核鉴定的规定的情况;⑨法律、法规规定的其他劳动保障监察事项。

## 106 试用期的劳动者是否可以随时走人?

试用期是指用人单位与新职工约定的互相考察的时期。

在此期间，劳动者在被证明不符合录用条件的，用人单位可以解除劳动合同且不用支付经济补偿金，劳动者也可以提前三天通知用人单位解除劳动合同，但不是随时走人。

 **107** **劳动者生病治愈后不能胜任工作，单位提出解除劳动合同，需要给付经济补偿金吗？**

劳动者患病或者非因工负伤，在规定的医疗期满后不能从事原工作，也不能从事由用人单位另行安排的工作的，用人单位在提前 30 日以书面形式通知劳动者本人或者额外支付劳动者一个月工资后，可以解除劳动合同。且根据《劳动合同法》关于经济补偿金的规定中因劳动者患病或者非因工负伤，在规定的医疗期满后不能从事原工作，也不能从事由用人单位另行安排的工作，用人单位提出解除劳动合同的，需要支付经济补偿金。

 **108** **企业关停破产的，单位需支付经济补偿吗？**

《劳动合同法》规定"用人单位被吊销营业执照、责令关闭、撤销或者用人单位决定提前解散的，"用人单位应当向劳动者支付经济补偿。

因为上述情况是基于用人单位方面的原因导致劳动合同无法履行，而非劳动者过错造成的，因此用人单位应向劳动者支付经济补偿。

## 109 工作中发现不安全因素怎么办？

作为工作在第一现场的农民工，最早发现重大事故隐患，是最早知情者，但由于各种原因，没有能力阻止企业纠正或引起重视时，可以反映给工会组织，由工会向企业提出建议，从而使问题得以解决。《工会法》规定"工会发现企业违章指挥、强令工人冒险作业，或者生产过程中发现明显重大事故隐患和职业危害，有权提出解决的建议，企业应当及时研究答复；发现危及职工生命安全的情况时，工会有权向企业建议组织职工撤离危险现场，企业必须及时作出处理决定。"

## 110 违反有关安全生产规定要承担哪些责任？

包括农民工在内的劳动者不服从管理，违反安全生产规章制度或者操作规程的，由用人单位给予批评教育，依照有关规章制度由用人单位给予处分，包括经济处罚；造成重大事故，构成犯罪的，依照刑法有关规定追究刑事责任。

## 111 工作中丢失爆炸性物质怎么办？

进城务工人员在打工过程中，由于工作原因将所保管的爆炸性物品丢失的，不要怕领导责罚，一定要及时报告单位或者公安部门，因为这类物品具有危险性，容易引起不安全事件，危害群众的生命财产安全。并且《中华人民共和国治安管理处罚法》第三十一条明确规定"爆炸性、毒害性、放射性、腐蚀性物质或者传染病病原体等危险物质被盗、被抢或者丢失，未按规定报告的，处五日以下拘留；故意隐瞒不报的，处五日以上十日以下拘留。"

##  112 用人单位应当免费提供哪些劳动保护用品？

用人单位必须按国家规定发放劳动保护用品，更换已损坏或已到使用期限的劳动保护用品，不能收取或变相收取任何费用。劳动保护用品必须以实物形式发放，不得以货币或其他物品替代。用人单位要为从事建筑施工的职工提供安全帽、安全带以及安全（绝缘）鞋、防护眼镜、防护手套、防尘（毒）口罩等个人劳动保护用品；要为从事有毒物品作业的职工提供安全（绝缘）鞋、防护眼镜、防护手套、防尘（毒）口罩、防毒面具、特种工作服、急救药品等个人劳动保护用品；要为从事噪声、辐射作业的职工提供安全鞋（靴）、防震手套、耳塞、特种工作服、防辐射服、防辐射镜等个人劳动保护用品。

 知识链接

什么是劳动保护？

劳动保护是指保护劳动者在劳动生产过程中的安全与健康。劳动保护工作的基本内容包括：劳动保护立法监察、劳动保护管理、安全技术与工程、劳动卫生技术与工程、工作时间与休假制度、女职工与未成年工的特殊保护。

## 113 国家对从事特种作业的职工有哪些特殊的要求?

煤矿、非煤矿山、危险化学品、烟花爆竹、建筑施工等生产经营单位应当对农民工进行强制性安全培训。从事特种作业的农民工,经过专门的安全作业培训,取得国家规定的特种作业资格证书后,方可上岗作业。严禁任何单位以培训为名向农民工非法收取费用。对未进行职业技能培训的农民工,用人单位不得以农民工不能胜任工作为由解除劳动合同。

 知识链接

什么是特种作业?

对操作者本人,尤其对他人和周围设施的安全有重大危害因素的作业称特种作业。

## 114 因矿山塌陷失踪的人员,失踪期间其与用人单位的劳动关系如何计算?

从法理与实践做法出发,劳动者失踪但是尚未被人民法院宣告失踪、宣告死亡的,用人单位可以中止或者部分中止履行劳动合同。

中止或者部分中止履行劳动合同期间,用人单位和劳动者双方暂停履行劳动合同的有关权利、义务。中止履行劳动合同期间，不计算劳动者在用人单位的工作年限。中止履行劳动合同的情形消失，除劳动合同已经无法履行外，劳动合同应当恢复履行。如果事后找到了，没有受伤的，继续为单位职工，期间的工资应该按原福利待遇不变支付；如果伤亡，则为工伤，按工伤待遇。如是一直处于失踪状态，可宣告死亡，享受工亡待遇。

## 115 以完成一定工作任务为期限的劳动合同解除，是否需要支付经济补偿金？

《劳动合同法实施条例》规定：以完成一定工作任务为期限的劳动合同因任务完成而终止的，用人单位应当依照劳动合同法的规定向劳动者支付经济补偿。

## 116 用人单位对劳动者实施末位淘汰制度是否合法？

末位淘汰，作为用人单位内部的考核办法、一种激励机制，其存在是可以理解的，但是应看"末位淘汰"制度是在什么情况下实施的，对劳动者的实施是否合理合法。

通常末位淘汰制度的制定，是基于以下两种情况实施：一种是双方在劳动合同中约定，单位可以以"末位淘汰"来解聘职工，当出现"末位"情形时，按约定是可以解除劳动合同的。

另一种是双方并没有在劳动合同中约定这一条款，单位后来在内部制定的制度中单方面规定以"末位淘汰"为由解除合同关系，如果劳动者能够证明用人单位的这项制

度没有经过法定程序通过的，或者自己不知晓，则单方实施末位淘汰制不符合《劳动合同法》的规定，用人单位存在违法的情况。

无论劳动者因上面哪种情况惨遭末位淘汰，《劳动合同法》都否认了一锤定音的末位淘汰制度。《劳动合同法》规定"劳动者不能胜任工作，单位首先要给予培训或者调整工作岗位，劳动者仍不能胜任工作的，单位才可以解除劳动合同。"从本条款可以看出不能因劳动者第一次排在末位，就给予淘汰，其还应有获得培训或者调整工作岗位的机会，当劳动者在此之后还不能胜任工作的，单位才可以解除劳动合同。因此末位淘汰制是不合法的，并且排在末位也不能说就是不胜任工作，只要排序，肯定会有最后一名。

且依据劳动合同法的规定，即使末位淘汰解除劳动关系，用人单位还应当向劳动者支付经济补偿，才可以将其淘汰、解除劳动关系。

# 在维权中应注意的问题

## 1　哪段时间属于工作时间?

工作时间是指法律规定的或者用人单位要求职工工作的时间,用人单位及其领导安排的加班时间也都属于工作时间。包括:①标准工时制;②用人单位因生产特点实行的不定时工作制、综合工时制所确定的职工从事职业活动的时间;③单位领导安排的加班加点时间,包括单位安排的非法延时工作时间。

## 2　哪些场所属于工作场所?

工作场所是指覆盖工人因工作需要涉及到的场所与空间,但是需在雇主直接或者间接控制之下的地点,主要包括:①正常工作岗位所涉及到的固定工作区域;②因生产特点、工作特殊性所致的经常变动的不固定的工作区域。③因领导安排临时前往的工作地点。

## 3　怎样理解工作岗位?

工作岗位是狭于工作场所的一个空间概念,主要是指用人单位为职工所设定的岗位所辖的工作范围,如车工在自己所操作的车床范围内,而不能是其他人所负责的车床范围内。

## 4　何谓工作原因?

工作原因应主要理解为在完成本职工作或者领导安排的其他工作这一特定职务行为因素。其次由于单位的设施和设备不完善、安全性差，劳动条件或者劳动环境较差等不安全因素造成职工工伤的也应认定为工作原因。

 **工作中受伤怎么办？**

农民工在工作中因工作原因受伤后，可以向劳动保障部门申请认定工伤，或者直接与用人单位协商，要求因工伤获得补偿，以保证自己受伤所需要的医疗费、养伤期间家人的生活所需、自己日后因工受伤劳动能力降低所应得的经济补偿。

 **工作中受到哪些伤害算是工伤？**

工伤是指劳动者从事职业活动或者与职业有关的活动时所遭受的事故伤害和职业病伤害这两种伤害。

 **知识链接**

什么是事故伤害？

事故伤害是指"用人单位职工在生产劳动工作过程中发生的人身伤害"。事故伤害以在某个确定的时间点，职工身体遭受了突发性的创伤为客观标准。

**7** **工作中得了什么病算是职业病？**

职业病是指"企业、事业单位和个体经济组织（以下

称用人单位）的劳动者在职业活动中，因接触粉尘、放射性物质和其他有毒、有害物质等因素而引起的疾病。"职业病没有精确的发病时间，只能以诊断时间作为起点，因其疾病产生是一个漫长积累的过程。

## 8  工伤自理条款是否有效？

一些用人单位在与劳动者订立劳动合同时，签定劳动者在劳动过程中"工伤自理"条款，一般内容为：因劳动者违反生产操作规程等自身原因发生工伤事故的，由劳动者自己承担责任，用人单位不负责。尽管在劳动合同订立时劳动者表示同意，但这种霸王条款由于违反了《劳动法》、《劳动合同法》、《工伤保险条例》等法律、法规的规定，因此属于无效条款，发生工伤事故，还是由用人单位买单。

## 9  工作中受伤后，应如何申请认定工伤？

应当到用人单位参加工伤保险统筹所在地或者事故发生地的劳动保障部门申请认定工伤，递交申请认定工伤的材料，由劳动保障部门工伤保险科（股）根据其实际情况确认是否属于工伤。

 知识链接

什么是工伤认定？

工伤认定是由工伤保险基金统筹地区的劳动保障行政部门依据《工伤保险条例》的规定，对申请主体、被申请主体、申请事项的主管部门、管辖范围及申请事项真实情况，对照认定工伤或视同工伤的条件，判断其是否属于因工作原因受伤或受伤与工作有关，并做出工伤与否的结论的具体行政行为。

## 10 工伤认定申请应提供哪些材料？

　　申请认定工伤应提交：①由劳动保障部门提供的标准格式的工伤认定申请表；②与用人单位存在劳动关系的证明材料（包括事实劳动关系）；③医疗诊断证明或者职业病诊断证明书（或者职业病诊断鉴定书）。

## 11 受伤农民工的家属可以为其提出工伤认定申请吗？

　　申请认定工伤的主体为：①职工所在单位；②工伤职工；③工伤职工直系亲属；④工会组织。那么，只要是直系亲属，可以为其提出工伤认定。

## 12 在单位受到哪些伤害可以认定工伤？

　　农民工在工作时间、工作场所内因工作原因受到事故伤害，或者在工作时间、在工作场所内，从事与工作有关的预备性或者收尾性工作受到事故伤害的；在工作时间和工作场所内，因履行工作职责受到暴力等意外伤害的；患职业病的；因工外出期间，由于工作原因受到伤害或者发

生事故下落不明的；在上下班途中，受到机动车事故伤害的；具有其他法律、行政法规规定应当认定为工伤的其他情形的都可以被认定为工伤。

## 13 哪些情况下可以被认定为视同工伤？

必须具有下列三种情形之一的，才可以被认定为视同工伤：在工作时间和工作岗位，突发疾病死亡或者在 48 小时之内经抢救无效死亡的；在抢险救灾等维护国家利益、公共利益活动中受到伤害的；职工原在军队服役，因战、因公负伤致残，已取得革命伤残军人证，到用人单位后旧伤复发的。

## 14 农民工个人需要缴纳工伤保险费吗？

工伤保险费应由用人单位缴纳，个人无须缴纳。

## 15 农民工是否是职工？

按照工伤保险政策的规定，职工包括与用人单位存在劳动关系的各种用工形式、各种用工期限的劳动者。也就是说既包括与用人单位签订劳动合同的正式职工，也包括未与用人单位签订劳动合同，但存在事实劳动关系的劳动者或者所说的农民工、临时工。

## 16 哪些用人单位应当为农民工参加工伤保险？

在工伤政策中用人单位不但包括具备民事权利能力、行为能力与用人权利的依法成立的法人单位：企业法人、机关法人、事业法人、社会团体法人，也包括依法成立的非法人经济组织，如法人的分支机构、个体工商户、个人独资企业、合伙企业。

## 17 由于自身工作严重失误造成的工伤，能获得补偿吗？

工伤补偿原则是无过错补偿，即包括农民工在内的职工，在用人单位因工作原因遭受事故伤害或者患职业病，在对其进行工伤认定与经济补偿时，无论事故责任是否属于劳动者本人，劳动者均应无条件地获得经济补偿。也就是说劳动者因工负伤、致残或死亡，即使本人负有严重责任，只要其没有达到犯罪或者是自杀、自残的目的，就应获得工伤补偿。

## 18 没有与用人单位签订劳动合同，是否可以认定工伤？

当职工（包括进城务工人员）与用人单位之间具备事实劳动关系成立的条件，且职工因工作原因遭受事故伤害或者患职业病时，应该认定为工伤。

## 19 工伤治疗出院后，用人单位是否就不必再花钱了？

工伤医疗结束后，根据伤情需要，还可以选择进行工伤康复。工伤康复就是利用现代康复的手段和技术，为工伤职工提供医疗康复、职业康复、社会康复等服务，最大限度地恢复和提高他们的身体功能和生活处理能力，并尽可能恢复他们的执业劳动能力。从而促进工伤职工全面回归社会和重返工作岗位。

工伤康复所花费用也按工伤处理，即由用人单位为其支付，而不是从医院做完基本的医疗救治后就结束了。

## 20　单位没有参加工伤保险，是否也能申请认定工伤？

只要用人单位与劳动者符合《工伤保险条例》关于主体的规定，且在职务行为中受到了事故伤害，认为自己符合工伤认定条件的就可以申请认定工伤。不以单位是否参加工伤保险作为认定工伤的依据。单位没有参加工伤保险，认定工伤后，所发生的工伤待遇费用全部由用人单位承担。

## 21　怎样确认哪个单位是自己的工伤事故责任主体？

农民工受到事故伤害后，如果想要申请认定工伤，首先应将用人单位的全称弄清楚，如果无法查明可以想办法到悬挂用人单位执照的办公室弄清楚营业执照记载单位名称，必要时可以聘请律师到工商管理部门查询。

## 22　上下班途中遇到什么样的伤害可以认定认定工伤？

农民工上班途中遭遇机动车事故，可以认定为工伤。

其他伤害在上班途中发生的，如被人打伤等不能认定工伤。

工伤保险中的机动车事故概念应定义为广义的机动车事故，即因"以动力装置驱动或者牵引，上道路行驶的供人乘用或者用于运送物品以及进行工程专项作业的轮式车辆"这一特定主体所发生的事故都属于机动车事故，不能只以两车相撞或者造成机动车体的实体损失而定义机动车事故的发生与否，应该以机动车正常状态的改变来界定机动车事故的发生与否。机动车事故不仅可以涵盖人为的违反交通管理法规造成的事故，也可以是由地震、台风、山洪、雷击等不可抗拒的自然灾害造成的机动车实体损害。

## 23 骑电动自行车上下班长途中摔伤是否算机动车事故伤害？

根据《道路交通安全法》的规定，电动自行车不算是机动车，属于"非机动车"。非机动车是指以人力或者畜力驱动，上道路行驶的交通工具，以及虽有动力装置驱动但设计最高时速、空车质量、外形尺寸符合有关国家标准的残疾人机动轮椅车、电动自行车等交通工具。因此如果是骑自行车或者电动自行车上下班途中摔伤是不能认定工伤的。

## 24 何谓职业病？

职业病是指劳动者在职业活动中，因职业环境有害因素所致的疾病。职业病有广义与狭义之分，认定为工伤的

职业病为狭义的职业病，即法定职业病。

## 25 怀疑自己得职业病了，怎样进行诊断？

职工如果怀疑自己患上了职业病，可以持单位开具的职业史证明，选择在用人单位所在地或本人居住地具备资质的、省级以上人民政府卫生行政部门认定的职业病诊疗机构进行诊断。

## 26 能定上工伤的职业病都包括哪些疾病？

能定上工伤的职业病就是法定职业病，应只限于《职业病防治法》规定的《职业病目录》（卫法监发〔2002〕108号）中涵盖的十类职业病：尘肺、职业性放射性疾病、职业中毒、物理因素所致职业病、生物因素所致职业病、职业性皮肤病、职业性眼病、职业性耳鼻喉口腔疾病、职业性肿瘤和其他职业病，及卫生部后续又发布的几种职业病，如职业性轻中重度听力损伤等这一特定范围。

## 27 对职业病诊断结论不服，该怎么办？

对职业病诊断结论，可以向作出诊断的医疗卫生机构所在地设区的市级以上地方人民政府卫生行政部门申请再次鉴定，而不是提出行政复议。设区的市级以上政府的卫生行政部门可以委托自己下设的职业病诊断鉴定委员会进行再次鉴定。而不应该走上访路线，那样会耽误了法定的提出复议的时限，反倒误了事。

## 28 被确认为疑似职业病人，用人单位是否应该为其治疗？

《职业病防治法》规定：用人单位应当及时安排对疑似职业病病人进行诊断；在疑似职业病病人诊断或者医学观察期间，不得解除或者终止与其订立的劳动合同。疑似职业病病人在诊断、医学观察期间的费用，由用人单位承担。因此农民工即使没有查出确定得了职业病，在观察期也应该得到单位支付的医疗费。

## 29 职工是否可以诊断为原单位的职业病并被认定为原单位的工伤？

职工如果有证据证实确实是在原单位的工作导致的疾病，就可以据此诊断确定职工所患职业病是在原单位职业过程中造成的。职工持有职业病诊断证明书，就应该被认定为工伤，享受到工伤待遇。

## 30 受到哪些伤害可以认定工伤？

符合《工伤保险条例》第十四条规定的条件，应当认定为工伤：

（一）在工作时间和工作场所内，因工作原因受到事故伤害的应认定为工伤。此处的工作时间、工作场所、工作原因是必须同时具备的条件。但工作时间与工作场所因单位的安排可以拓展、延伸，不局限于本职工作范围内，可

以为加班或者临时工作安排所涉范围。

（二）工作时间前后在工作场所内，从事与工作有关的预备性或者收尾性工作受到事故伤害的应当认定为工伤。此处将时间延展到工作时间前后，即上班前或者下班后一段合理的时间内。且应在工作场所内，从事的是与工作有关的预备性或者收尾性工作。

（三）在工作时间和工作场所内，因履行工作职责受到暴力等意外伤害的应当认定为工伤。主要包含在工作时间和工作场所内，因履行工作职责人身受到的暴力伤害，包括人为的和动物伤害，也包含高空坠物等意外伤害。

（四）患职业病的应当认定为工伤。患职业病的职工应当被认定为工伤，但应出示具备诊断资质的职业病诊疗机构出具的规范的职业病诊断书或者职业病鉴定书。

（五）因工外出期间，由于工作原因受到伤害或者发生事故下落不明的应当认定为工伤。此处在理解工作原因时，应采用排除法，排除明确的非工作原因，应遵循有利于受伤职工的工作原因的推定。

（六）在上下班途中，受到机动车事故伤害的应当认定为工伤。此处的上下班应当理解为既包含正常上下班，也包含加班加点的上下班；此处的途中，既包含从正常的居住地到单位的途中，也包含其他合理处所与单位之间的途中；机动车事故伤害应以实际的事故伤害发生为依据，而非必须具备处理交通事故的交警部门的证明材料。

（七）具备法律、行政法规规定应当认定为工伤的其他情形。

**哪些情况下可以认定视同工伤？**

所谓视同工伤，其主要特征是职工受伤不具备工作原因这一工伤的主要特质，只是因为与单位、工作原因之间具有一定的特殊联系，才将其纳入工伤保险范围，但是其所享受的待遇与认定工伤是一样的。在下列情况下可以被认定为视同工伤：在工作时间和工作岗位，突发疾病死亡或者在 48 小时之内经抢救无效死亡的应认定为视同工伤。此项认定为视同工伤的三个条件应同时具备，即必须在工作时间和工作岗位，且突发疾病的职工需发生了死亡这一客观事实，但从初次医疗诊断到死亡不能超过 48 小时。缺少任何一个条件，突发疾病都不能认定为视同工伤。

 **在工作中受伤，在哪些条件下又不能认定工伤？**

（一）因犯罪或者违反治安管理条例的不能认定工伤。犯罪主要是指违反了《刑法》且经人民法院宣判为犯罪的行为。此处违反治安管理不能认定工伤是指具备《治安管理处罚法》规定的情况。

（二）醉酒导致伤亡的不能认定工伤。规定醉酒不能认定工伤主要是为了控制并降低事故的发生率，且醉酒是个人可以控制的行为，造成的伤亡后果也不应由用人单位来承担。

（三）自残或者自杀的不能认定工伤或者视同工伤。自残、自杀完全是当事人在个人主观状态控制下，采取不同

的手段、方法对自己的身体、生命所进行的伤害行为，与工作没有因果关系，因此不能认定由单位来承担此行为所带来的后果。

## 33 我国现阶段死亡的诊断标准是什么？

中国临床判断死亡的标准是心脏停止跳动，自主呼吸消失，血压为零的心脏死亡标准，而非脑死亡。

## 34 锅炉工洗澡摔伤能否认定工伤？

锅炉工进入锅炉内清洗锅炉内胆，致使其全身沾满铁锈、沉积的泥土。清洗完锅炉后，急急忙忙冲进锅炉房洗澡间，准备冲洗一下身体。由于跑得急，浴池地面有水，致使其滑倒扭伤左踝。根据《工伤保险条例》第十四条第二项收尾性的规定，其摔伤应认定为工伤。

## 35 应在多长时间内提出工伤认定申请？

工伤职工或者其直系亲属、工会组织1年内，都可以向统筹地区劳动保障行政部门提出工伤认定申请。

## 36 申请工伤的时效可否延长？

职工个人申请认定工伤的时效自事故发生或者职业病诊断机构出诊断证明之日起不能超过一年，这一年不能中止、中断、延长。超过一年后若想要要求工伤待遇，不能再适用工伤认定行政程序，只能向人民法院提起民事诉讼请求，提出人身损害伤赔偿诉求。

所在单位应当自事故伤害发生之日或者被诊断、鉴定为职业病之日起 30 日内，向统筹地区劳动保障行政部门提出工伤认定申请。遇有特殊情况，经劳动保障行政部门同意，申请时限可以适当延长。最长不能超过 1 年，特殊情况是指如远洋海上作业，发生自然灾害等情况。

## *37* 可以获得的工伤结论有哪几种？

可以做出五种结论：（1）认定工伤；（2）认定视同工伤；（3）不予认定工伤；（4）不予认定视同工伤；（5）不予受理。对于第（5）种不予受理主要是指：（1）超过工伤认定申请时限（1 年）；（2）不是劳动保障行政部门主管范围；（3）不是所申请的劳动保障行政部门的管辖范围三种原因。

## *38* 在多长时间内可以知道工伤认定的结果？

自劳动保障部门正式下达受理通知书之日起 60 日内。

## *39* 工伤认定过程中，哪些情况可以不用自己举证？

工伤保险政策规定：在调查职工是否因工作原因受伤过程中，用人单位对于职工是否因工作原因受伤承担举证责任，尤其是在用人单位不承认职工因工受伤的情况下，应承担举证责任，而职工免除举证责任。

## 40 认定工伤后，是否可以直接得到赔偿？

认定工伤后，不可以直接得到赔偿，还应该进行劳动能力鉴定，对自己的伤残状况作个确认，知道自己到底伤残到什么程度，才可以据此要求赔偿，用人单位也才有赔偿的标准。

## 41 什么是劳动能力？

劳动能力指人工作能力的总和，是人在一定时间内能够维持和完成一定作业强度或工作任务的能力。

## 42 什么是劳动能力鉴定？

劳动能力鉴定是指运用医学技术的方法、手段，依据鉴定标准，对因工或非因工负伤以及患病的劳动者的伤、病、残程度及其劳动功能障碍程度和生活自理障碍程度等进行诊断鉴定、确认的过程。

## 43 在劳动能力鉴定中可以提出哪些鉴定项目？

当工伤职工伤情稳定时，劳动能力鉴定可以对工伤职工的身体现状做出鉴定结论，如停工留薪期是否已满、是否符合工伤康复条件的鉴定、劳动能力障碍程度的鉴定、生活自理障碍程度的鉴定、医疗依赖程度的鉴定，以及是否属于旧工伤复发的鉴定。

**什么是劳动功能障碍？**

劳动功能障碍是指劳动者因工负伤或患职业病后，因其伤残程度和丧失劳动能力程度不同，导致本人劳动与执业能力降低及对职业产生的不利、不方便的程度。

劳动功能障碍分为无障碍与有障碍两类，有障碍包括10个伤残等级，最重的为一级，最轻的为十级。

 **劳动能力鉴定使用的是什么标准？**

按照国家标准化管理委员会颁发的《劳动能力鉴定职工工伤与职业病致残等级》鉴定。

 **应向哪个部门申请劳动能力鉴定？**

应向用人单位参保地设区的或者职工受到伤害的事故发生地的市级劳动能力鉴定委员会申请劳动能力鉴定。流程是申请——鉴定——结论——送达。

 **进行劳动能力鉴定需要提供什么材料？**

申请劳动能力鉴定需要提供工伤认定决定、相关的医疗资料、个人身份证复印件以及劳动能力鉴定申请表。

 **伤残到什么程度才达到生活自理障碍标准？**

此处的生活自理障碍是指职工因工伤或患职业病后，

因其存在伤残,对其自身生活产生的影响。生活自理障碍分为无障碍与有障碍两大类,有障碍依靠以下五项中的涵盖数量进行判断:进食、翻身、大小便、自主移动、穿衣洗漱。包括:生活完全不能自理(含五项)、生活大部分不能自理(含三项)、生活部分不能自理(含一项)。

## 49 因工伤残后应该带薪休养多长时间?

因工伤残后应该带薪休养的时间就是法律术语——停工留薪期。所谓停工留薪期是指职工因工作遭受事故伤害或者患职业病需要暂停工作接受工伤医疗的休息养伤、养病的一段期间。停工留薪期一般不超过 12 个月。伤情严重或者情况特殊,经设区的市级劳动能力鉴定委员会确认,可以适当延长,但延长期不得超过 12 个月。

## 50 在停工留薪期内可以享受到何种待遇?

在停工留薪期内,原工资福利待遇不变,由所在单位按月支付。生活不能自理需要护理的,由所在单位负责支付护理费或者派人护理。

## 51 多长时间内能拿到劳动能力鉴定?

劳动能力鉴定委员会应当自收到进城务工人员劳动能力鉴定申请之日起,60 日内作出劳动能力鉴定结论,必要时,作出劳动能力鉴定结论的期限可以延长 30 日。因此进城务工人员正常在 60 日内应该能拿到劳动能力鉴定结论。

## 52 对劳动能力鉴定结论不服怎样办?

申请鉴定的单位或者个人对设区的市级劳动能力鉴定委员会做出的鉴定结论不服的,可以在收到该鉴定结论之日起 15 日内向省、自治区、直辖市的劳动能力鉴定委员会提出再次鉴定申请。省级劳动能力鉴定结论为最终结论。

## 53 一般多长时间后可以申请复查鉴定?

自上次劳动能力鉴定结论做出之日起 1 年后,可以向原鉴定机构申请复查鉴定。

## 54 因工周身多处伤残,是否应该比只一处同样伤的伤残级别高?

根据晋级原则,对于同一器官或系统多处损伤,或一个以上器官同时受到损伤者,应先对单项伤残程度进行鉴定。如几项伤残等级不同,以重者定级;如有两项以上等级相同,最多晋升一级。

## 55 年龄性别对鉴定伤残级别有影响吗?

在一定条件下有影响:(1) 35 周岁以下的青年人脾摘除定五级,35 周岁以上成年人脾摘除定七级。(2) 40 周岁以下的女职工发生面部毁容,含单项鼻缺损、颌面部缺损(不包括耳廓缺损)和面瘫,按其伤残等级晋升一级。(3) 年龄大

于 50 周岁者的骨关节炎是否确定为创伤性骨关节炎应慎重，因为普通人 50 周岁以上骨性关节炎发病率已经明显增高，评残时必须考虑年龄这一关键因素。

 **精神病评定伤残是否比其他伤害级别高？**

因工伤残导致的精神病，评定伤残时：缺乏社交能力者定四级；精神病性症状表现为危险或冲动行为者定三级；精神病性症状致使缺乏生活自理能力者定二级。

 **工作中拇指损烂，可以评定伤残几级？**

拇指损伤，根据受伤的不同情况，分别是：一拇指末节部分 1/2 缺失定九级。一拇指指间关节离断定七级。单纯一拇指完全缺失定六级。双拇指完全缺失或无功能定四级。如图 4-1 所示。

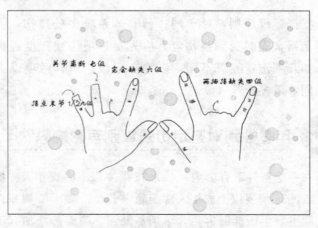

图 4-1　拇指损伤评级

## 58 在工作中手及前臂被机器绞伤可以定伤残几级?

手及前臂被机器绞伤,根据受伤的不同情况,分别是:非利手前臂缺失定六级。利手前臂缺失定四级。一侧肘上缺失(非利侧),不能安装假肢定四级。双侧前臂缺失定二级。双肘关节以上缺失或功能完全丧失定一级。如图 4-2 所示。

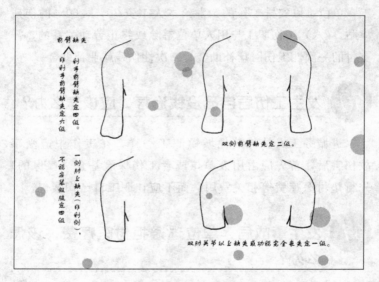

图 4-2 手及前臂损伤评级

## 59 因工作受伤后,应该享受到哪些工伤保险待遇?

进城务工人员因工作受伤后,应该享受到与城镇户籍

一样的工伤待遇。工伤待遇就是指职工因工受伤或患职业病应该享受的待遇。主要包括（一）医疗待遇：①工伤医疗费用；②康复性治疗费用；③辅助器具安装配置费用。（二）伤残待遇：①一次性工伤伤残补助金；②一至四级伤残津贴；③生活护理费。（三）工亡待遇：①一次性工亡补助金；②丧葬补助金；③供养亲属抚恤金。（四）住院伙食补助费。（五）转外地治疗的交通、食宿费。（六）停工留薪期内的工资福利及护理费。（七）伤残津贴：五至六级的工伤职工，单位难以安排工作的，发给本人工资70%、60%的伤残津贴。（八）工伤职工与用人单位解除或终止劳动关系的，需支付的一次性工伤医疗补助金、一次性伤残就业补助金。

##  60 发生工伤后自己没钱治疗，应该怎么办？

进城务工人员与其他城镇职工一样，在工作中遭受事故伤害后，首先应由用人单位或者工伤保险基金（参保的）先行垫付医疗费等相关费用，而不应让职工自己掏腰包。

## 61 发生事故后，单位逃避拒付医疗费，该怎么办？

进城务工人员在单位遭受事故伤害的紧急情况下，遇到蛮横无理的用人单位，拒付医疗费时，应先想办法自己垫付或者找亲属借钱、找红十字医院或者打社会救济电话请求帮助等方式垫付医疗费，不能耽搁治疗。如果急需治疗费用，在进行上述处理的同时，请求劳动仲裁先行裁决医疗费。治愈后可以经过工伤认定确认因工受伤，再经劳动能力鉴定部门鉴定出伤残状况，最后请求劳动仲裁部门裁决用人单位支付给自己的相应补偿金钱数额，最后申请人民法院强制执行等法律程序要求用人单位支付相关的待遇。

## 62 因工死亡，亲属能享受到哪些待遇？

因工死亡农民工，其直系亲属按照下列规定从工伤保险基金领取丧葬补助金、供养亲属抚恤金和一次性工亡补助金：（一）丧葬补助金为 6 个月的统筹地区上年度的职工月平均工资；（二）供养亲属抚恤金按照职工本人工资的一定比例发给由因工死亡职工生前提供主要生活来源、无劳动能力的亲属。标准为：配偶每月 40%，其他亲属每人每月 30%，孤寡老人或者孤儿每人每月在上述标准的基础上增加 10%。核定的各供养亲属的抚恤金之和不应高于因工死亡职工生前的工资。供养亲属的具体范围由国务院劳动保障行政部门规定；（三）一次性工亡补助金标准为 48 个月至 60 个月的统筹地区上年度职工月平均工资。伤残职工在停工留薪期内因工伤导致死亡的，其直系亲属享受本条第一款规定的三项待遇。一至四级伤残职工在停工留薪期满后死亡的，其直系亲属可以享受本条第一款第（一）项、第（二）项规定的待遇。

## 63 如何计算一次性工亡补助金？

48 个月本人工资的一次性工亡补助金是国家规定的最低标准，可以适当增加，但不应超过 60 个月的本人工资。部分省市根据职工的死亡年龄作了适当划分，如某省规定：死亡时年龄在 30 周岁以下者每年轻 1 岁增加 1 个月的本人

工资，但最高不能超过 60 个月。

 **64 农民工工伤后是否有权要求康复性治疗？**

农民工工伤治愈后当然有权利要求进行与城镇职工一样的康复性治疗。

康复性治疗是指综合、协调地应用医疗的、生理的、工程学、教育的、职业的、心理的、社会的和其他措施，对工伤职工进行治疗、训练、辅导，并运用辅助手段尽可能地提高或者恢复其已丧失或削弱的功能，促进其适应或重新适应社会生活。康复性治疗一般包括物理治疗、运动治疗、作业治疗、营养治疗、心理治疗以及必要的医疗措施等。

 **65 农民工的工伤康复性治疗费用由谁买单？**

农民工工伤康复性治疗费应由工伤保险基金支付（参险的），用人单位没有参加工伤保险的，由用人单位自行负担，个人不需要掏钱。并且在工伤康复期间享受与工伤医疗期间一样的待遇，包括支付必要的护理费、工资、伙食补助等。

**66 旧工伤复发可以享受到哪些待遇？**

旧工伤复发是指工伤人员在因工受伤或患职业病治愈或终结医疗后，伤情或职业病再次发作或者恶化，需要继续医疗的情况。

旧工伤复发需要治疗的，可以享受到与初次工伤或患职业病一样的工伤待遇，即享受到必须报销全额的医疗治疗费用、停工留薪期的全额工资、护理费、伙食补助等。

 **什么情况下会停止发放工伤待遇?**

工伤职工有下列情形之一的，停止享受工伤保险待遇：（一）丧失享受待遇条件的，如子女满 18 周岁；（二）拒不接受劳动能力鉴定的，如本人经治疗康复，害怕伤残级别降低，拒不接受劳动能力鉴定的，或其供养亲属拒不接受是否丧失劳动能力的鉴定，也就不再继续发放工伤待遇；（三）拒绝治疗的；（四）被判刑正在收监执行的。

**对仲裁裁决的工伤待遇不服怎样办?**

根据《劳动争议调解仲裁法》的规定，对劳动仲裁委员会裁决的工伤待遇不服的，应在 15 日内向人民法院提起民事诉讼。

 **被借调到外单位期间发生工伤，应由谁负责?**

农民工被借调期间受到工伤事故伤害的，由原用人单位承担工伤保险责任，但原用人单位与借调单位可以约定补偿办法。

# 劳动争议方面应注意的问题

## 1 什么是劳动争议？

劳动争议是指劳动关系当事人之间在执行劳动方面的法律法规和劳动合同、集体合同的过程中，就劳动的权利义务发生分歧而引起的争议。

## 2 在工作中与用人单位发生劳动争议怎么办？

进城务工人员在工作中与用人单位发生劳动争议后，可以与用人单位协商解决，如果协调不成，可以向劳动争议仲裁委员会申请仲裁。

## 3 发生哪些事项可以申请劳动争议？

（一）因确认劳动关系发生的争议；

（二）因订立、履行、变更、解除和终止劳动合同发生的争议；

（三）因除名、辞退、辞职和离职发生的争议；

（四）因工作时间、休息休假、社会保险、福利、培训以及劳动保护发生的争议；

（五）因劳动报酬、工伤医疗费、经济补偿或者赔偿金等发生的争议；

（六）法律、法规规定的其他劳动争议。

## 4 与用人单位发生劳动争议后，首选的解决方案应该是什么？

发生劳动争议，当事人之间首先应该选择协商处理，劳动者可以与用人单位协商，也可以请工会或者委托的第三方共同与用人单位协商调解，达成和解协议。因为这是最经济、最方便、最快捷与最容易得到执行的解决方式。

## 5 劳动争议案件的处理流程？

申请——立案审查——受理——开庭——调解——质证举证——裁决——送达。

## 6 发生劳动争议后想要调解，应向哪些机构请求调解？

发生劳动争议，当事人不愿协商、协商不成或者达成和解协议后不履行的，可以向下列调解组织申请调解：（一）企业劳动争议调解委员会；（二）依法设立的基层人民调解组织；（三）在乡镇、街道设立的具有劳动争议调解职能的组织。

## 7 如何选择劳动争议仲裁的管辖地？

劳动者应首选劳动合同履行地的劳动争议仲裁委员会作为裁决争议的仲裁委，因为这一选择对劳动者与用人单位双方来说肯定是正确的，这种选择方便了劳动者，并有利于案件的调查取证。

根据原告就被告的原则及《劳动争议调解仲裁法》的规定，选择自己方便诉讼的地方一定既是有利的，又是合法的。

**8** 劳务派遣单位或者用工单位与劳动者发生劳动争议的，被诉人如何确定？

劳务派遣单位或者用工单位与劳动者发生劳动争议的，劳务派遣单位和用工单位为共同被诉人。

**9** 发生群体劳动争议，是否需要所有人都参与仲裁诉讼？

与用人单位发生劳动争议的劳动者一方在十人以上，并有共同请求的，可以推举代表参加调解、仲裁或者诉讼活动。

**10** 劳动争议案件的当事人本人不能参加仲裁活动的，怎样维护自己的权利？

当事人可以委托代理人参加仲裁活动。委托他人参加仲裁活动，应当向劳动争议仲裁委员会提交有委托人签名或者盖章的委托书，委托书应当载明委托事项和权限。

**11** 发生劳动争议，可以在多长时间内提起仲裁？

劳动争议申请仲裁的时效期间为一年，从发生争议之日算起。

**12** 劳动争议仲裁时效的起算时间是如何确定的？

仲裁时效期间从当事人知道或者应当知道其权利被侵害之日起计算。一般为下面三个起算点：一是劳动争议发生之日；二是送达之日；三是事故发生之日。

**13** 没有解除劳动合同但被拖欠工资的仲裁申请时间，是否比一般的劳动争议时效时间长？

劳动关系存续期间因拖欠劳动报酬发生争议的，劳动者申请仲裁不受《劳动争议调解仲裁法》规定的仲裁时效1年期间的限制；但是，劳动关系终止的，应当自劳动关系终止之日起一年内提出。

**14** 进城务工人员申请劳动仲裁时应提交几份材料？

劳动争议仲裁申请应提交正本一份，正本应当有申请人的亲笔签名或者其代理人的亲笔签名。按照被申请人数（包括第三人）提供副本，副本与正本的内容完全一样，但可以是抄写、打印、复印的。还需提供能够证明事实的相关证据。

**15** 进城务工人员填写劳动争议仲裁请求时应注意哪些事项？

填写劳动争议仲裁请求事项时，应逐项列明具体请求，

数字应准确、要求需确定。如请求补发劳动报酬应写明欠薪的起止时间、所欠薪酬的具体金额。

## 16 提出仲裁申请时应提交几份仲裁申请书?

申请人申请仲裁应当提交书面仲裁申请,并按照被申请人人数提交副本。

## 17 填写仲裁申请书,必须写明哪些事项?

仲裁申请书应当载明下列事项:(一)劳动者的姓名、性别、年龄、职业、工作单位和住所,用人单位的名称、住所和法定代表人或者主要负责人的姓名、职务;(二)仲裁请求和所根据的事实、理由;(三)证据和证据来源、证人姓名和住所。

## 18 是否可以口头提出仲裁申请?

书写仲裁申请确有困难的,可以口头申请,由劳动争议仲裁委员会记入笔录。

## 19 进城务工人员可以获得哪些法律援助?

当进城务工人员碰到下列情况时,如果因经济困难,可以申请法律援助:(一)刑事案件;(二)追索赡养费、扶养费、抚育费法律事项;(三)除责任事故外,因公受伤请求赔偿的法律事项;(四)追索抚恤金、救济金、社会保险金的法律事项;(五)请求国家赔偿的诉讼案件;(六)

需要予以公证的与人身财产密切相关的法律事实和法律关系；（七）残疾人、未成年人、老年人、妇女维护自身合法权益的法律事项；（八）其他确需法律援助的法律事项。

## 20 申请法律援助时应准备哪些材料？

申请法律援助，应当向有管辖权的法律援助机构提出申请，填写法律援助申请表，并提交下列材料：（一）居民身份证、户籍证明或者其他有效身份证明；（二）领取最低生活保障金、失业保险金的有效证件或者乡（镇）人民政府、街道办事处出具的家庭经济状况证明等经济困难的证明；（三）与所申请法律援助事项相关的证据材料。

## 21 需要法律援助时应向哪个地方的司法部门申请？

进城务工人员预提出法律援助申请的，应分情况向不同地市司法局法律援助处提出：

（一）请求国家赔偿的，向赔偿义务机关所在地的法律援助机构提出申请；

（二）请求给予社会保险待遇、最低生活保障待遇或者请求发给抚恤金、救济金的，向提供社会保险待遇、最低生活保障待遇或者发给抚恤金、救济金的义务机关所在地的法律援助机构提出申请；

（三）请求给付赡养费、抚养费、扶养费的，向给付赡养费、抚养费、扶养费的义务人住所地的法律援助机构提出申请；

（四）请求支付劳动报酬的，向支付劳动报酬的义务人住所地的法律援助机构提出申请；

（五）主张因见义勇为行为产生的民事权益的，向被请求人住所地的法律援助机构提出申请。

## 22 几日内能知道仲裁申请是否被受理？

申请人在五日内可知道其申请是否被受理。

## 23 对劳动争议仲裁委员会做出不予受理决定不服的，该怎么办？

对劳动争议仲裁委员会不予受理的，申请人可以就该劳动争议事项向人民法院提起诉讼。

## 24 有正当理由不能参加开庭的，仲裁委员会能给予照顾吗？

当事人有正当理由的，可以在开庭三日前说明理由，请求延期开庭。但是否延期，由劳动争议仲裁委员会决定。

## 25 仲裁开庭经过哪几个程序？

首席仲裁员或独任仲裁员宣布开庭，双方当事人宣读申请书或者答辩书，然后当事人在仲裁过程中进行质证和辩论，质证和辩论就是由双方当事人把自己方的证据拿出来，让仲裁员与对方当事人共同审查证据，发表意见，对证据是否认可，有哪些不对的地方，互相说一下。质证和辩论终结时，首席仲裁员或者独任仲裁员应当征询当事人的最后意见，进行最后陈述。庭后宣布裁决结果。

## 26 提前准备的仲裁证据要符合哪些条件，才能对自己有利？

当事人提供的证据经审查与案件待证事实存有关联性，且具有合法性、客观性的，仲裁庭应当将其作为认定事实的证据使用。

仲裁庭一般会审查证据的下列情况，来决定证据是否可以采信：1. 证据是否为原件、原物，复印件、复制品与原件、原物是否相符；2. 证据与本案事实是否相关；3. 证据的形式、来源是否符合法律规定；4. 证据的内容是否真实；5. 证人或者提供证据的人与当事人有无利害关系。

## 27 劳动争议的举证原则是什么？

发生劳动争议，根据一般的举证原则，当事人对自己提出的主张，有责任提供证据。但与争议事项有关的证据属于用人单位掌握管理的，实行举证责任倒置，用人单位应当提供；用人单位不提供的，应当承担不利后果。

## 28 当事人是否有权查看核对仲裁庭审笔录？

仲裁庭应当将开庭情况记入笔录。当事人和其他仲裁

参加人有权核对查看仲裁庭笔录，认为有遗漏或者差错的，有权申请补正。如果仲裁庭不予补正的，也应当记录该当事人的申请。

## 29 没有在仲裁庭审笔录上签字，仲裁笔录是否合法？

仲裁庭审笔录由仲裁员、记录人员、当事人和其他仲裁参加人签名或者盖章，否则程序严重违法。

## 30 提出仲裁申请当日，是否就是仲裁庭受理申请之日？

受理仲裁申请之日不是申请人提出仲裁申请之日，而是仲裁委员会经过对申请人提交的申诉书及基本材料审查后做出受理决定之日。

## 31 进入仲裁庭审程序后，用人单位是否还可以和劳动者当庭和解？

当事人申请劳动争议仲裁后，在庭审过程中还可以自行和解。达成和解协议的，可以撤回仲裁申请。

## 32 仲裁调解书发生法律效力的要件是什么？

调解书经双方当事人签收后，才能发生法律效力。

## 33 劳动争议调解协议书是否可以作为要求法院支付的凭据?

调解仲裁协议书由双方当事人签名或者盖章,经调解员签名并加盖调解组织印章生效后,对双方当事人具有约束力,当事人应当履行。同时《最高人民法院关于审理劳动争议案件适用法律若干问题的解释》(二)第十七条也规定"当事人在劳动争议调解委员会主持下达成的具有劳动权利义务内容的调解协议,具有劳动合同的约束力,可以作为人民法院裁判的根据。"

## 34 仲裁调解不成或者当事人反悔的,应如何处理?

调解不成或者调解书送达前,一方当事人反悔的,仲裁庭应当及时作出裁决。

## 35 仲裁是否可以先行部分裁决?

仲裁庭裁决劳动争议案件时,其中一部分事实已经清楚,可以就该部分先行裁决。

## 36 被人民法院撤销后的仲裁裁决,该进入什么法律程序?

《劳动争议仲裁法》规定:仲裁裁决被人民法院裁定撤

五 劳动争议方面应注意的问题

销的，当事人可以自收到裁定书之日起十五日内就该劳动争议事项向人民法院提起诉讼，进入诉讼程序。

 **37 哪些劳动争议案件可以一裁终局？**

《劳动争议调解仲裁法》第四十七条规定："下列劳动争议，除本法另有规定的外，仲裁裁决为终局裁决，裁决书自做之日起发生法律效力：一、追索劳动报酬、工伤医疗费、经济补偿或者赔偿金，不超过当地月最低工资标准十二个月金额的争议；二、因执行国家的劳动标准在工作时间、休息休假、社会保险等方面发生的争议。"

**38 对终局的仲裁裁决不服的，怎么办？**

劳动者对"（一）追索劳动报酬、工伤医疗费、经济补偿或者赔偿金，不超过当地月最低工资标准十二个月金额的争议；（二）因执行国家的劳动标准在工作时间、休息休假、社会保险等方面发生的争议"的终局仲裁裁决不服的，可以自收到仲裁裁决书之日起十五日内向人民法院提起诉讼。

**39 对哪类特殊仲裁案件可以裁决先予执行，移送法院执行？**

仲裁庭对追索劳动报酬、工伤医疗费、经济补偿或者赔偿金的案件，根据当事人的申请，可以裁决先予执行，移送人民法院强制执行。

## 40 是否所有的仲裁案件都可以申请先予执行？

仲裁庭裁决先予执行的，应当符合下列条件：（一）当事人之间权利义务关系明确；（二）不先予执行将严重影响申请人的生活。

## 41 劳动者申请先予强制执行仲裁裁决，是否需要提供担保？

劳动者申请先予执行的案件，可以不提供担保。

## 42 用人单位对发生法律效力的调解书、裁决书不执行的，应怎么办？

当事人对发生法律效力的调解书、裁决书，应当依照规定的期限履行。一方当事人逾期不履行的，另一方当事人可以依照民事诉讼法的有关规定向人民法院申请执行。受理申请的人民法院应当依法执行。

## 43 只有一个仲裁员签名的仲裁裁决书是否合法？

拿到这样一份只有一名仲裁员签名的仲裁裁决书要看这个案件是否为独立仲裁员裁决，如果是，那么一个签章是可以的。在裁决书上，应当载明下列事项：仲裁请求、争议事实、裁决理由、裁决结果和裁决日期。裁决书由仲裁员签名，加盖劳动争议仲裁委员会印章。

农·民·工·权·益·维·护·读·本

**44** 劳动者依法申请了支付令，法院是否就应当直接强制执行？

人民法院依法发出的支付令与法院的强制执行完全不是同一涵义，而且具有不同的程序及内容。对于人民法院依法发出的支付令，只要债务人提出书面异议，人民法院就必须终结督促程序。只有在用人单位15日内对支付令既不提出书面异议，又不履行的，劳动者才可以申请人民法院强制执行。

**45** 送达调解协议书后，当事人是否可以再次申请仲裁？

调解可以在劳动争议仲裁开庭中进行，在送达调解书签收后，当事人不能再反悔，不能以同一事实和理由申请再次仲裁。

**46** 劳动争议当事人拒绝签收调解书的，如何处理？

劳动争议当事人拒绝签收调解书，说明调解书送达前当事人反悔，调解书不发生法律效力，不需要再送达了，应直接进入仲裁程序。

**47** 对普通劳动争议仲裁裁决不服，多长时间内应提出诉讼？

对劳动争议仲裁裁决不服，应自收到仲裁裁决15日内

104

向人民法院提起诉讼。

## 48 劳动争议缺席裁决的案件与普通仲裁裁决的效力一样吗？

缺席裁决的劳动争议案件其法律后果与对席裁决的案件完全一样，且送达程序要求与对席裁决的也一样。

## 49 劳动者拒绝签名或者拒收用人单位送达警告书、记过书、解雇书，用人单位是否就没有办法了？

用人单位遭到此种情况，可以适用留置送达方式送达文书，即受送达人或者他的同住成年家属拒绝接受文书时，送达人应当邀请有关基层组织到场，说明情况，在送达回证上记明拒收事由和日期，由送达人、见证人签名或者盖章，将诉讼文书留在受送达人的住所，即视为送达。

留置送达与直接送达具有同等的法律效力。

## 50 劳动监察处理争议为什么受到农民工的偏爱？

与其他救济途径相比，劳动监察处理劳动争议有以下五方面的优势：

① 执行力度大。劳动监察部门可以直接依法处罚，大多案情明确的情况，还可以直接申请法院强制执行。

②　劳动者方便。劳动者只要到劳动监察部门申诉，只需要提供基本情况及材料即可。而不必像仲裁、诉讼需要准备大量的证据、申请材料。

③　震慑力大。个别劳动者的投诉，不但解除了他个人的问题，而且可以至少使本单位其他相同的情况得以纠正，解决了群体性违法问题。

④　投诉时效相对较长。劳动者可以在合法权利受到侵害之日起两年到劳动行政部门举报，维护自己的合法权益。而劳动仲裁一般情况下仅为 1 年。

## 51　劳动争议仲裁是否收费？

劳动争议仲裁不收费，劳动争议仲裁委员会的经费由国家财政予以保障。

## 52　劳动能力鉴定委员会的伤残等级鉴定结论是否属于劳动争议受案范围？

劳动者对劳动能力鉴定委员会的伤残鉴定等级产生的异议，由于其法律关系主体是劳动者与劳动能力鉴定委员会，而非是劳动争议的特定主体劳动者与用人单位，其争议的焦点是伤残鉴定结论的等级，不是劳动争议的受理范围。

## 53　用人单位未发给高温岗位劳动者夏季防暑饮料，是否可以申请劳动仲裁？

用人单位如确属高温作业岗位，用人单位应该按照特殊工种发给劳动者相应的福利待遇，其中可以包括夏季防暑饮品或者发放替代性的保健津贴。高温作业的劳动者对于没有享受到这类待遇，可以根据《劳动争议调解仲裁法》第二条第四项的规定"中华人民共和国境内的用人单位与劳动者发生的下列劳动争议，适用本法：（四）因福利发生的争议；"要求仲裁委员会对没有享受到夏季防暑饮品或者替代的保健津贴与用人单位产生的争议，给予裁决。

## 54 领导临时指派作电焊工作，因单位没有发放电焊防护镜产生争议，是否可以申请劳动仲裁？

无论劳动者是长期作电焊工作，还是临时受单位领导指派作电焊工，劳动者在电焊这一特殊工作岗位上工作，均应获得电焊岗位的劳动保护条件后方能上岗工作，而防护镜是电焊工岗位所必须配备的劳动保护用品，根据《劳动争议调解仲裁法》第二条第四项的规定"中华人民共和国境内的用人单位与劳动者发生的下列劳动争议，适用本法：（四）因劳动保护发生的争议。"因此这一关于电焊防护镜发生的争议，可以要求劳动仲裁委员会对此给予裁决，这一合法要求应该得到支持。

## 55 进城务工的家政服务人员与雇主之间的纠纷，是否属于劳动争议受案范围？

家庭或者个人与家政服务人员之间产生的纠纷，因其争议主体不符合劳动争议的特定主体用人单位，家政服

员也不是劳动法意义上的劳动者，因此家庭或者个人与家政服务人员之间的纠纷不属于劳动争议受案范围。

## 56 个体工匠与帮工、学徒之间的纠纷是否属于劳动争议受案范围？

个体工匠与帮工、学徒之间的纠纷不属于劳动争议，其争议主体不符合劳动争议的特定主体，即个体工匠不是用人单位这一特定用工主体，而帮工、学徒也不是劳动法意义上的劳动者，因其没有给付劳动报酬的规定，因此个体工匠与帮工、学徒之间的纠纷不属于劳动争议受案范围。

## 57 农村承包经营户与受雇人之间的纠纷是否属于劳动争议受案范围？

农村承包经营户与受雇人之间的纠纷也不属于劳动争议。

## 58 劳动者与个体工商户产生的劳动争议如何处理？

《劳动合同法》规定"中华人民共和国境内的企业、个体经济组织、民办非企业单位等组织与劳动者建立劳动关系，订立、履行、变更、解除或者终止劳动合同，适用本法。"本法条明确规定个体经济组织属于《劳动合同法》调整范围，个体经济组织即个体工商户。那么劳动者与个体工商户之间因劳动合同关系产生的争议应当属于劳动争议的受案范围，其解决纠纷程序方面应适用《劳动争议调解仲裁法》的相关规定。

同时《最高人民法院关于审理劳动争议案件适用法律若干问题的解释》（二）进一步明确规定了："劳动者与起有字号的个体工商户产生的劳动争议诉讼，人民法院应当以营业执照上登记的字号为当事人，但应同时注明该字号业主的自然情况。"这样配套性的司法解释规定保证了即便该个体工商户注销，纠纷最终也有被执行的主体自然人——业主，以保证劳动者的权利最终得以实现，因此也能看出其也是劳动争议的一种，属于劳动争议的受案范围。

## 59 劳动者请求社会保险经办机构发放社会保险金引起的纠纷，是否属于劳动争议受案范围？

劳动者与社会保险经办机构因发放社会保险金产生的纠纷，虽然争议的焦点是社会保险金的发放，但是争议的双方是劳动者与社会保障经办机构，法律关系主体是行政主体社会保障经办机构与行政相对方（劳动者），争议的客体是社会保险费，因此只能按照行政争议解决途径——申请行政复议或者行政诉讼，予以解决。不属于劳动争议受理范围。

# 六

## 进城定居后应了解的事项

## 以较少的积蓄可在城里做哪些投资?

进城务工人员打工赚钱后,会有部分人员萌生做生意的想法,那么下面这些行当可供参考:

(1)开小型便民超市。城镇的居民区和商业区往往会有一段距离,找准位置,开一个小型超市,女方在家出售一些日常必需品,男方负责给附近的居民送货,是个不错的选择。

(2)开办小吃店。可以在某个小区,租下一个小店面,只要清洁卫生、经济实惠、服务热情、有自己的特色,便民小吃店就能红红火火经营起来。

(3)开办理发店。只要有这方面的兴趣与技术,待人热情诚恳,那么,租间小面积的店面,添置些必要的理发工具,从小干起,一样可以经营得有声有色。

(4)开办洗衣店。考察好居民需要区,开办一个靠勤劳致富、技术含量低的洗衣店,也能在城里有稳定的生活来源。

(5)开办鲜花店。在现代城镇中,鲜花已成为人们之间传情达意的表达方式。生日、节日、婚礼、聚会甚至探望病人,都要送束赏心悦目的鲜花,而开一个花店不需要多少钱。

除此之外,成立小型的搬家公司、中介服务公司,或者办社区托儿所等都是投资少、见效快的创业机会,值得靠勤劳致富的进城务工人员一试。

## 怎么才能"自学成才"?

进城务工人员要想自学成才,会有一定的难度,但如果想要实现自己的理想就要努力去拼搏，与在农村相比，城里的学习环境还是有优势的，自学成才可以选择下面三种方式：

（1）在工厂里勤学苦干，注意观察和钻研，争取成为技术骨干。

（2）学习技术，培养自己的经营管理能力，积累资金，自己创办企业。

（3）发挥自己的业余爱好，在业余时间，参加各种特长培训班，努力学习，成为有专业特长的人员，给自己再闯出一条路。

（4）通过国家承认的自学考试或者考取全日制大专以上院校的考试。

 **进城务工人员携带自制的大烟膏存放在家，用于治疗肚子疼，可以吗？**

在农村用大烟膏治疗肚子疼是很常见的，可是这种作法确是违反了国家《中华人民共和国禁毒法》的相关规定，其规定"国家对这类物品实行管制，禁止非法持有、使用鸦片"。大烟膏学名就是鸦片。因此进城务工人员是不可以携带并食用大烟膏的，即使在农村也是不允许的，被发现将依据相关规定，因非法持有毒品的而被依法给予行政处罚或者刑事处罚。

 **分居的进城务工人员应当履行夫妻间忠实的义务。**

进城务工人员因长年在外打工，远离配偶，对性生活

的需要，让其长期处于焦灼的状态，但是一定要想到远方的另一半在家乡辛苦地务工，还要养育儿女，赡养老人，生活可能更是艰辛。《婚姻法》规定"夫妻应当互相忠实，互相尊重；家庭成员间应当敬老爱幼，互相帮助，维护平等、和睦、文明的婚姻家庭关系。"因此千万不能一失足成千古恨，导致家庭破裂。

**5** **未婚的进城打工人员遇到心仪的对象不应长期同居，而应办理结婚登记。**

　　未婚的进城打工人员在城里工作一段时间后，可能会遇到心仪的异性朋友，但千万要记住，如果确立了恋爱关系，要进入婚姻状态时，要去婚姻登记机关办理结婚登记手续，缔结合法的婚姻，否则同居关系不受法律保护，并且在解除同居关系时还有很多麻烦，带来很大尴尬。

**6** **未达到法定婚龄结婚即早婚是违反《婚姻法》的。**

　　《婚姻法》规定：男不得早于 22 周岁，女不得早于 20 周岁结婚。此法定婚姻推迟 3 周年以上初婚为晚婚，已婚妇女23 周岁怀孕生育第一个子女的为晚育。国家提倡晚婚晚育。

**7** **离婚分割财产时，对于家庭承包经营的土地应尽量照顾留守一方。**

　　进城务工人员在离婚分割财产时，对于承包经营的土地应尽量照顾留守一方，这样安排一是有利于土地的合理开发使用，有利于农村经济的稳定增长，也有利于农村留守一方的生活就业，这种合理性体现在《婚姻法》的相关规定中"夫或妻在家庭土地承包经营中享有的权益等，应当依法予以保护。"

## 8 解除订婚时可要求返还以结婚为目的给付对方的彩礼。

在农村彩礼是一笔不小的数字，少则上万，多则几万，这些钱基本都是为儿女婚姻而付出的定金，因此在解除订婚关系时，一般都会要求对方返回彩礼。最高人民法院关于适用《中华人民共和国婚姻法》若干问题的解释（二）规定可以返回的彩礼应该具备的条件"（一）双方未办理结婚登记手续的；（二）双方办理结婚登记手续但确未共同生活的；（三）婚前给付并导致给付人生活困难的。"

## 9 离婚分割家庭财产时，应对家庭付出较多的一方适当倾斜。

进城务工人员在城里打工时间长了，由于各种原因导致家庭出现离婚的局面，这是婚姻关系双方都不愿意看到的，在分割家庭财产时，应对家庭付出较多的一方适当倾斜，因为对于一个家庭来说，家庭成员对于家庭所作的贡献并不是可以量化的，一方长年抚育子女、照料老人、协助另一方工作，在面临离婚的地步时，应该用经济杠杆给予适当倾斜，给予适当照顾。这样的分法也是合理合法的，

最高人民法院关于适用《中华人民共和国婚姻法》若干问题的解释（二）规定"夫妻书面约定婚姻关系存续期间所得的财产归各自所有，一方因抚育子女、照料老人、协助另一方工作等付出较多义务的，离婚时有权向另一方请求补偿，另一方应当予以补偿。"

## 10 离婚的财产分割是以双方全部家庭财产为分割对象的。

在离婚分割家庭财产时，应对家庭双方的全部财产进行分割，既包括进城务工人员在城里打工时积攒的家产，也包括农村家中的财产，但分割时可以根据方便使用管理的原则进行分割。最高人民法院《关于人民法院审理离婚案件处理财产分割问题的若干具体意见》规定了这个原则"夫妻分居两地分别管理、使用的婚后所得财产，应认定为夫妻共同财产。在分割财产时，各自分别管理、使用的财产、物品归各自所有。"所以，不能将自己在城里打工赚的钱认为完全是自己的钱，不分与家中留守一方。

## 11 在农村实行计划生育的应给予哪些优惠待遇？

各级人民政府对实行计划生育的夫妻、农村独生子女家庭和生育两个女孩已实施绝育手术的家庭，在发展经济中应当给予信息、资金、技术、培训等方面的支持和优惠；对实行计划生育的贫困家庭，在扶贫贷款、以工代赈、扶贫项目、社会救济、划分宅基地等方面给予优先照顾。

**农民工进城后找不到工作也不能随便摆摊。**

小张进城后因为一时没有找到工作，决定在公园门口摆个烤羊肉串的小摊，以渡过无业期间的生活窘境，可是第一天就被城管追的满街跑，小张感觉被人欺负了，心理很是不平。但是他违反了城市管理方面的规定：擅自在公共场地摆摊设点或者在主要道路和重点地区兜售物品，影响市容的，责令停止违法行为；继续违法经营的，可以暂扣其兜售的物品及其装盛器具，处以二十元以上二百元以下罚款。决定暂扣的，应当出具暂扣清单，要求违法行为人按照规定时间到指定地点接受处理。逾期不到指定地点接受处理造成损失的，由违法行为人承担。

 **是不是所有人都可以有偿献血？**

《献血法》规定"国家实行无偿献血制度。国家提倡十八周岁至五十五周岁的健康公民自愿献血。"献血时应携带本人身份证等证明自己身份年龄的证件。血站对献血者必须免费进行必要的健康检查；身体状况不符合献血条件的，血站应当向其说明情况，不得采集血液。献血者的身体健康条件由国务院卫生行政部门规定。

那么进城务工人员即使在走投无路的情况下，也不能轻易地走卖血维生的路，血液的供应国家是有严格规定的，即年龄在十八周岁至五十五周岁之间，身体健康，没有乙肝、丙肝、艾滋病等为主的经血液途径传播的疾病，并且身体状况也应该不存在不宜献血的：如正在患感冒、腹泻、血压偏高或偏低，女性在月经期等情况。如果隐瞒，会给自己带来

生命危险。而且国家严格规定实行的是无偿献血制度，现在社会也不提倡有偿献血。献血必须到正规的有资格的血站献血，严格遵守有关操作规程和制度，采血必须由具有采血资格的医务人员进行，一次性采血器材用后必须销毁，确保献血者的身体健康。

**14** 不可以因为缺钱而连续大量卖血。

《献血法》规定"血站对献血者每次采集血液量一般为二百毫升，最多不得超过四百毫升，两次采集间隔期不少于六个月。严格禁止血站违反前款规定对献血者超量、频繁采集血液。"国家之所以这样规定，主要也是为献血者的身体健康状况来考虑的，防止出现有损身体健康的情况出现。

**15** 献血者可以得到哪些补偿？

《献血法》规定：献血者及其配偶和直系亲属只享有如下临床用血权利：（一）献血 200 毫升以上的，其本人临床用血时免交用于血液的采集、储存、分离、检验、运输等费用；（二）献血累计 600 毫升以上的，其配偶和直系亲属临床用血时，免交前项规定的费用。前两项规定的费用，由用血者向献血所在地人民政府设立或指定的献血专门机构报销，经费在献血事业费中列支。

**16** 在献血过程中，怀疑自己得了艾滋病怎么办？

在献血过程中怀疑自己得了艾滋病可以作艾滋病检

测，就是指采用实验室方法对人体血液、其他体液、组织器官、血液衍生物等进行艾滋病病毒、艾滋病病毒抗体及相关免疫指标检测，包括监测、检验检疫、自愿咨询检测、临床诊断、血液及血液制品筛查工作中的艾滋病检测。艾滋病检测是免费的，进城务工人员可以不必为没有钱而担心。

 **17 哪些人群是艾滋病的易感人群？**

容易感染艾滋病病毒危险行为的人群，是指有卖淫、嫖娼、多性伴、男性同性性行为、注射吸毒等危险行为的人群。进城务工人员在长期性缺乏的环境下，一定要洁身自好，保证好自己的性安全及家人的健康，对社会、对自己负好责。

**18 在防治艾滋病方面有哪些规定？**

进城务工人员应该了解到：艾滋病是指人类免疫缺陷病毒（艾滋病病毒）引起的获得性免疫缺陷综合征。对于艾滋病国家实行艾滋病自愿咨询和自愿检测制度。

《艾滋病预防治疗条例》规定特别对进城务工人员提出了要求：县级以上人民政府有关部门和从事劳务中介服务的机构，应当对进城务工人员加强艾滋病防治的宣传教育。因此作为进城务工人员在洁身自好的同时，也有义务配合当地政府部门作好艾滋病的预防检测工作。疾病预防控制机构和出入境检验检疫机构进行艾滋病流行病学调查时，被调查单位和个人应当如实提供有关情况。

艾滋病病毒感染者或者艾滋病病人故意传播艾滋病的，

依法承担民事赔偿责任；构成犯罪的，依法追究刑事责任。

## 19 农民工进城后收废品也应遵守法律法规。

　　部分农民工进城后欲从事收废品、修理自行车等工作，从事这类工作虽然比到单位上班自由些，但也要遵守城市管理行政执法方面的规定，在指定的地点从事，缴纳一定的管理费，保持环境的卫生。否则就会因违反了城市管理关于："收旧、车辆清洗、维修、饮食等单位或者个人污染环境的，处以五十元以上二百元以下罚款。"的规定而被罚。

## 20 在城区内生活不能饲养鸡鸭等家禽。

　　农民工进城后，不可以将农村家中饲养的鸡鸭等家畜家禽和食用鸽等带到城里生活区内，即使陪伴自己多年的正在下蛋的鸡鸭，也一定要在决定进城前处理好。因为城市执法管理方面法规政策明确规定："城区内禁止饲养鸡、鸭、鹅、兔、羊、猪等家禽家畜和食用鸽。在城区饲养家畜家禽和食用鸽的，处以每只二十元以上五十元以下罚款。"

## 21 装修应在规定的时间和范围内工作。

　　部分农民工在揽到家庭装修工程后，为了趁着装修黄金时段多干点活，抢进度，经常是起早贪黑地干，这种急于为业主抢进度与赚钱的心情可以理解，但不能违反城管执法关于城市噪声管理方面的法规："在城市市区噪声敏感建筑物集中区域内，禁止在二十二时至次日六时期间进行产生环境噪声污染的建筑施工作业，但抢修、抢险作业和因生产工艺上要求或者特殊需要必须连续作业的除外。"否则将被处以罚款的行政处罚。

## *22* 年终岁尾摆摊卖烟花应该办许可证。

在年终岁尾时，摆个烟花爆竹摊子，可以快速地赚点钱。但是在决定摆摊之前要了解相关的管理规定，不是想在哪、想怎么摆摊都可以的，要遵守相关的规定，否则不具备《烟花爆竹安全管理条例》（国务院令第 455 号）第十六第三项"城市市区的烟花爆竹零售网点，应当按照严格控制的原则合理布设。"第十八条"烟花爆竹零售经营者，应当具备下列条件：（1）主要负责人经过安全知识教育；（2）实行专店或者专柜销售，设专人负责安全管理；（3）经营场所配备必要的消防器材，张贴明显的安全警示标志；（4）法律、法规规定的其他条件。"的条件，将会受到处罚，不是城区的管理太严，而是烟花爆竹属于易燃易爆物品，为了老百姓的安全，它的销售国家有一定的规定，任何人都必须遵守。

## *23* 进城务工人员由于自己的责任遭遇了交通事故没钱治疗，不必逃跑出院，医院会给予救治。

进城务工人员由于自己的原因、自己的责任遭遇了交通事故，出来打工身上也没带钱，加上不了解交通法规，怕让自己担责任，于是就放弃治疗的最佳时期，偷着逃跑

六 进城定居后应了解的事项

121

出院。这是没有必要的。交通事故中行人是弱者，只要当事人不是主观故意自杀自残，其责任不会是百分百由行人承担的，并且《道路交通安全法》规定"医疗机构对交通事故中的受伤人员应当及时抢救，不得因抢救费用未及时支付而拖延救治。肇事车辆参加机动车第三者责任强制保险的，由保险公司在责任限额范围内支付抢救费用；抢救费用超过责任限额的，未参加机动车第三者责任强制保险或者肇事后逃逸的，由道路交通事故社会救助基金先行垫付部分或者全部抢救费用，道路交通事故社会救助基金管理机构有权向交通事故责任人追偿。"

## 24 遭遇机动车事故，肇事司机驾车逃逸怎么办？

在城区道路上发生交通事故并受伤后，首先应记下肇事车辆的车牌号码及肇事车辆的外部特征，如车体颜色、车型等。寻求他人帮助立即报交警110、120急救电话。如遇肇事司机驾车逃跑，应注意保护原始现场，保全物证，请求见证人协助交警调查。

## 25 发生交通事故，没处理完，是否可以回老家？

交通事故当事人属流动人口，在事故处理期间要求暂时离开事故发生地，由事故发生地的担保人出具担保书，可以准予离开。回老家也是可以的，但一定要办理担保手续。

## 26 发生交通事故后，不要慌，应保护好现场。

出了交通事故后，在民警没有到达现场前，司机与受伤者都有责任主动保护现场，如预送往医院抢救时，要对伤者的躺卧位置和姿态设置标志。总之，凡有必要移动现场任何有关事故的物品，包括人、车、散落物品等，都应标明原始位置的标记。如遇下雨、刮风等天气，应就地取材，用塑料布等物将痕迹盖起来保护好。切勿不作任何标记就擅自将事故车开动驶离事故现场，送伤者去医院。

## 27 交通事故肇事，如何进行自我保护？

事故发生后，在公安人员没有到来之前，肇事司机除了打电话报警外，最好再打电话给自己的单位同事以及亲友，请求他们协助。除了公安机关以外，任何单位、任何人都无权扣押肇事车辆以及各种证件，而公安机关扣押车辆及证件的同时，亦会给当事人开具暂扣凭证，暂扣凭证上有当事民警的签名以及处理机关的公章。

## 28 哪些在城市流浪生活的人可以成为救助对象？

进城务工人员在没有经济收入的情况下，不是都可以成为城市生活救助对象，只有那些符合《救助管理办法》规定的人群才可以获得救助，所以在进城之前一定要作好计划，尤其是要计算到在找不到工作的情况下，要有足够

的钱维持过渡，保障生活。"城市生活无着落的流浪乞讨人员"是指因自身无力解决食宿，无亲友投靠，又不享受城市最低生活保障或者农村五保供养，正在城市流浪乞讨度日的人员。虽有流浪乞讨行为，但不具备前款规定情形的，不属于救助对象。

## 29 城市生活无着落的流浪乞讨人员可以获得多长时间的救助？

救助站应当根据受助人员的情况确定救助期限，一般不超过 10 天。因特殊情况需要延长的，报上级民政主管部门备案。

## 30 城市生活无着落的流浪乞讨人员可以获得哪些救助？

救助站应当根据受助人员的需要提供下列救助：（一）提供符合食品卫生要求的食物；（二）提供符合基本条件的住处；（三）对在站内突发急病的，及时送医院救治；（四）帮助与其亲属或者所在单位联系；（五）对没有交通费返回其住所地或者所在单位的，提供乘车凭证。救助站发现受助人员故意提供虚假个人情况的，应当终止救助。

## 31 见义勇为后，应注意收集保留哪些证据才有利于自己见义勇为行为的认定？

申请确认应向民政部门积极协助提供以下有关证明材

料，以便于自己的见义勇为行为能得到社会及时准确的认可：（一）公安、司法等部门提供的证明；（二）街道办事处、乡镇人民政府或者村、居、家委会提供的证明；（三）受益人提供的证明；（四）外省市县级以上人民政府提供的证明；（五）其他单位或者个人提供的证明。

## 32 被授予见义勇为行为的进城务工人员可以获得哪些救助？

被授予见义勇为行为的进城务工人员可以获得下面关于医疗费及伤亡后生活的救助：

（一）各级人民政府和机关、团体、企业事业单位，对见义勇为人员应当给予奖励。奖励实行精神奖励和物质奖励相结合的原则。

（二）对事迹突出的见义勇为人员，由区、县人民政府决定授予"见义勇为积极分子"称号；对事迹特别突出的，经区、县人民政府推荐，由市人民政府决定授予"见义勇为好市民"称号。对被授予荣誉称号的见义勇为人员，给予物质奖励。

（三）公民对见义勇为要给予支持和帮助，对见义勇为负伤人员要及时送往医疗机构，医疗机构应当及时组织救治。

（四）救治见义勇为负伤人员的费用，有工作单位的，由所在工作单位暂付；工作单位无力暂付或者无工作单位的，从见义勇为基金中暂付；紧急情况下，由医疗机构垫付。

（五）见义勇为负伤人员的医疗费用分不同情况采取下

列办法解决：（1）由加害人依法承担；（2）由社会保险机构按规定支付；（3）由所在工作单位提供资助。依照前款各项规定解决的不足部分或者均不能负担时，从见义勇为基金中支付。

（六）见义勇为负伤人员医疗期间，属于机关、团体和事业单位职工的，应当视为正常出勤，所在工作单位不得因此扣减其工资、奖金和降低其福利待遇；属于企业职工的，依照本市有关企业劳动者工伤保险的规定享受工伤津贴；无工作单位的，从区、县见义勇为基金中给予经济补助。

（七）因见义勇为致残的，其伤残等级由有关部门依法评定，伤残待遇依照国家有关因公（工）负伤人员的规定办理。

（八）因见义勇为牺牲的，其抚恤按照国家有关因公（工）死亡规定办理；按照国家有关规定批准为革命烈士的，其家属享受烈属待遇。

（九）对因见义勇为牺牲或者致残丧失劳动能力的人员，其家属没有生活来源的，所在区、县人民政府应当采取帮助其家庭成员就业等增加收入的措施解决。

（十）见义勇为牺牲人员的家属、致残人员及其家属，在支付住房租金、医疗费、子女上学费用等方面有实际困难的，由所在区、县人民政府给予经济补助。

## 33 公安机关在什么情况下可以查验居民身份证？

公安机关在下列情况下，有权查验公民的居民身份证，被查验的公民不得拒绝。（1）对有违法犯罪嫌疑的人员，需要查明身份的；（2）依法实施现场管制时，需要查明有关人员身份的；（3）发生严重危害社会治安突发事件时，需要查明现场有关人员身份的；（4）法律规定需要查明身份的其他情形。

公安人员依法执行公务需要查验公民的居民身份证时，应当首先出示自己的执法证件。

除公安机关依法对犯罪嫌疑人执行监视居住强制措施的情形，其他任何组织和个人不得扣押公民的居民身份证或者作为抵押。

## *34* 居民身份证有何用处？

居民身份证是证明我国公民身份的法定证件。凡是年满 16 周岁的中国公民，都应向常住户口所在地的户口登记机关申领居民身份证。公民在办理下列事务、需要证明身份时，应当出示居民身份证：（1）选民登记；（2）户口登记；（3）兵役登记；（4）婚姻登记、收养登记；（5）入学、就业；（6）办理公证事务；（7）前往边境管理区；（8）办理申请出境手续；（9）参与诉讼活动；（10）办理机动车、船驾驶证和行驶证，非机动车执照；（11）办理个体营业执照；（12）办理个人信贷事务；（13）参加社会保险，领取社会救济；（14）办理搭乘民航飞机手续；（15）投宿旅店办理登记手续；（16）提取汇款、邮件；（17）法律、行政法规规定需要用居民身份证证明身份的其他情形。

## *35* 居民身份证丢失怎么办？

进城务工人员遗失居民身份证时，应当立即向公安机

关报告，并向自己常住户口所在地的户口登记机关申请补领新证，即须回农村老家办理。申请补领新证时需填写《常住人口登记表》，并交近期标准相片两张、四十元工本费。

## 36 不可以将居民身份证随意出借给他人使用。

不但不可以将居民身份证随意出借给他人使用，而且也不能有下列行为：（1）使用虚假证明材料骗领居民身份证；（2）出租、出借、转让居民身份证；（3）冒用他人居民身份证或使用骗领身份证；（4）非法扣押他人居民身份证；（5）拒绝公安机关查验居民身份证；（6）购买、出售、使用伪造、变造的居民身份证。上述行为将被公安机关依法予以行政处罚。伪造、变造居民身份证的将被依法追究刑事责任。

## 37 怎样防止和救治煤气中毒？

（1）尽量不使用煤炉取暖，如果使用，必须安装烟囱，保证排烟状况良好，并且每天临睡前检查，室内要注意经常通风。（2）经常擦拭天然气或者煤气灶具，定期检查天然气或煤气管道，看是否有泄漏。（3）一定要使用煤气或天然气专用橡胶软管，不能用尼龙、乙烯管或破旧管子代替，每半年检查更换一次橡胶管道。（4）在厨房安装排气扇，或者抽油烟机。

## 38 发现煤气中毒时，如何自救？

发现有人煤气中毒时，可以先采取以下几种措施自救：

（1）开门、开窗，通风换气。（2）拨打急救电话，等待医生的到来。（3）给病人松解衣扣，把病人转移到通风良好、空气新鲜的地方，注意保暖，清除病人口鼻分泌物。（4）如果发现呼吸停止，应该立即进行口对口人工呼吸，并且做心脏按压。（5）查找煤气泄漏的原因，排除隐患。

## 39 在公众场合不能携带匕首。

进城务工人员在城市生活，一定要注意不能像在农村家中那样随意地携带自己喜欢的匕首等器具，因为在公共场所携带匕首等管制刀具，违反《中华人民共和国治安管理处罚法》（第三十八号主席令）第三十二条的规定的"非法携带枪支、弹药或者弩、匕首等国家规定的管制器具的，处五日以下拘留，可以并处五百元以下罚款；情节较轻的，处警告或者二百元以下罚款。非法携带枪支、弹药或者弩、匕首等国家规定的管制器具进入公共场所或者公共交通工具的，处五日以上十日以下拘留，可以并处五百元以下罚款。"

## 40 可以有宗教信仰，但不能参加非法组织。

可以有自己的宗教信仰，但不能随意地参加一些披着宗教外衣、从事非法颠覆政府活动的组织，比如：（一）组织、教唆、胁迫、诱骗、煽动他人从事邪教、会道门活动或者利用邪教、会道门、迷信活动，扰乱社会秩序、损害他人身体健康的；（二）冒用宗教、气功名义进行扰乱社会秩序、损害他人身体健康活动的。

 **41** 遭遇不公平待遇，不要强行冲闯公安机关设置的警戒带。

进城务工人员到一个陌生的城市生活工作，难免会遇到很多不顺心的事，如果涉及到政府机关的事务，要相信还有上级领导和政府主持正义，千万不要冲动强行冲闯已被公安机关设备的警戒带，因为《中华人民共和国治安管理处罚法》规定"有下列行为之一的，处警告或者二百元以下罚款；情节严重的，处五日以上十日以下拘留，可以并处五百元以下罚款：（一）拒不执行人民政府在紧急状态情况下依法发布的决定、命令的；（二）阻碍国家机关工作人员依法执行职务的；（三）阻碍执行紧急任务的消防车、救护车、工程抢险车、警车等车辆通行的；（四）强行冲闯公安机关设置的警戒带、警戒区的。阻碍人民警察依法执行职务的，从重处罚。""煽动、策划非法集会、游行、示威，不听劝阻的，处十日以上十五日以下拘留。"

**42** 不要图走近路，抢越铁路干线。

进城务工人员应该了解铁路干线有特殊的规定，不能图近路，随意穿越，因为火车是高危险的交通工具，不能轻易就控制停下来，出现车祸，带来的损失是惨重的。并且《中华人民共和国治安管理处罚法》还要对其进行处罚，"擅自进入铁路防护网或者火车来临时在铁路线路上行走坐卧、抢越铁路，影响行车安全的，处警告或者二百元以下罚款。"

# 七

# 案例与解析

## 1 个人与家政服务人员（保姆）之间的纠纷，不属于劳动争议受案范围。

### 案例

2009 年 10 月 10 日，保姆小美按照女主人王娟的要求：将窗户玻璃擦干净。王娟特意嘱咐小美，自家住四楼，要擦玻璃时小心些，外面的窗户能擦什么样算什么吧，注意安全。可是小美擦窗户时，站在窗台上手把着窗框子，把身子尽量探出去，结果坠楼身亡。

在接下来的日子里小美的妈妈与小美的雇主因小美的死亡赔偿问题产生了很大的争议，小美妈妈要求王娟按照民事《最高人民法院关于审理人身损害赔偿案件适用法律若干问题的解释》进行人身死亡赔偿，各项费用总计：50 万元。而王娟认为小美在自己家工作中失足摔死，按照《工伤保险条例》因工死亡的标准，赔偿不过11 万元。赔偿数额的差距很大，双方就此事共同咨询了资深法律人士。律师给出了比较明确的解答。

### 解析

律师告诉小美的雇主王娟：虽然发生这件事，不是王娟希望或者故意的，但是按照现行法律法规规定：小美与王娟之间是属于家庭或者个人与家政服务人员的关系，也就是雇主与雇工之间的关系，按照《最高人民法院关于审理人身损害赔偿案件适用法律若干问题的解释》（法释[2003] 20 号）及《中华人民共和国劳动法若干问题的意见》（劳部发 [1995] 309 号）不是属于劳动关系的范畴，家庭保姆不是劳动法意义上的劳动者。因此发生伤亡事故应按照民事侵权纠纷处理，那么涉及到死亡赔偿标准，就应适用上述人身损害赔偿标准：即受害人死亡的，赔偿义务人除应当根据抢救治疗情况赔偿医疗抢救费用外，还应当赔偿丧葬费、被扶养人生活费、死亡补偿费以及受害人亲属办理丧葬事宜支出的交通费、住宿费和误工损失等其他合理费用。因为小美的妈妈爸爸都年未满五十岁且有劳动能力，且小美为未婚，没有被扶养人，因此这里数额比较大的是丧葬费与死亡赔偿金。丧葬费按照受诉法院所在地上一年度职工月平均工资1500元每月标准，以六个月总额计算为9000元。

死亡赔偿金按照受诉法院所在地上一年度城镇居民人均可支配收入或者农村居民人均纯收入标准，按二十年计算。小美是农村户籍，且刚来城里不到1个月，按小美家所在地农村居民人均收入标准8000元计算，这两项合计就是169000元，其他办理丧事支出的交通费、住宿费、误工费等共计5000元计算，总计为174000元，既不是小美妈妈要求的死亡赔偿金按照城镇居民人均可支配收入计算应得50万元，也不是王娟认为的按照因工死亡的补偿金11万元。因为小美作为保姆不是劳动合同法意义上的劳动者，她作为自然人雇主，对于小美的死亡赔偿应按照民事赔偿计算。

## ② 进城务工人员个人主动放弃参加社会保险的行为无效。

**案例**

小刘技校毕业后，进城到一家外企作了电焊工，公司

按规定每月从其工资中扣200元的个人应缴纳的各项社会保险费，这样每年得扣2400元。刘某认为：自己现在年纪尚轻，家里经济不是太好，急需用钱，且在这个企业不一定能干多长时间，没有必要上社会保险。那么，如果自己主动书面向企业提出放弃参加社会保险，以便在社会保障部门检查时，企业可以不因此而承担责任，这样的做法是否可以呢？

**解析**

刘某的这样想法虽然有一定的市场，但是《劳动合同法》第十条规定"建立劳动关系，应当订立书面劳动合同。"而在第十七条同时规定"劳动合同应当具备以下条款：（七）社会保险；"且《中华人民共和国劳动法》第七十二条明确规定："用人单位和劳动者必须依法参加社会保险，缴纳社会保险费"。因此参加社会保险是国家对劳动者权益的保障，同时也是劳动者应履行的义务。个人和企业都不得以任何理由拒绝参加社会保险，且作为用人单位可以在工资中代扣代缴的项目，用人单位可以在其应付工资中直接予以扣除。

因此小刘想要主动放弃参加社会保险的想法是行不通的，拿养老保险金来说，它是在国家相关法律和政策的强制下，由社会保障养老体系覆盖范围内的个人在其年轻时按一定比例自我积累形成的、以个人账户形式保有的养老基金，用以保障其自身年老时的基本经济生活安全。而且它是在一定地域、一定人群范围内筹集的资金及其投资收益形成互济共用的社会保障基金。而小刘只从个人角度、从年轻的层面简单地考虑社会保险金的缴纳问题是不行的。

## 3 工伤保险一次性补偿不征所得税。

**案例**

苑师傅两年前住在城郊结合部，每年种着自己的地，生活虽不富裕，但比较安定。后因被征地，被招用安置为某物业公司作保洁员，2009年11月他在凌晨5时起早清除路面积雪时，被从支路冲过来的一辆农用车撞倒，造成头部颅骨骨折。物业公司参加了工伤保险，也为其认定了工伤。在苑师傅休息六个月后，单位就不再支付其工资，要求他上班，苑师傅劳动能力虽然只鉴定为伤残八级，可因伤在脑部，行动不再灵便，不能继续从事清洁工工作了，和家人商量后，决定与单位解除劳动关系，要点补偿，先在家养一年，恢复恢复再说。

让苑师傅没想到是，物业公司在听说他要工伤补偿时，只同意给工伤保险赔偿10个月工资的一次性伤残补助金，苑师傅每个月工资为1千元，应是1万元钱，没有其他补偿了。而苑师傅在人保部门听说，自己不但能得到10个月的一次性伤残补助金，而且自己不在这个单位干了，还应再得到一次性就业和一次性医院补助金两项，计25个月工资的补偿，三项计35个月工资的补偿金。

当苑师傅要求用人单位给予这三项补偿时，物业公司经过多次研究，最终答复苑师傅："你要的这三项补偿3万5千元可以给你，但是国家有规定：如果一次性给你，还要收税，那这样你就拿不到这么多钱了，但是可以逐月给你，分摊到每个月，就不会扣你的税了。"

苑师傅于是到人保部门咨询：像自己这样与用人单位解除劳动合同，所应得的工伤补偿应该缴纳个人所得税吗？

### 解析

人保部门仲裁机构答复苑师傅：

《工伤保险条例》规定：工伤职工与用人单位解除劳动关系不同于普通职工与用人单位解除劳动关系，其所应得的一次性工伤补偿也普通劳动者解除劳动关系发放的经济补偿金、生活补助费和其他补助费用不是一个范围内的概念，因此超过3倍部分也不应按《财政部、国家税务总局关于个人与用人单位解除劳动合同关系取得的一次性补偿收入征免个人所得税问题的通知》征收个人所得税。

在法律没有明确规定的情况下，依税法法理：征税一般是针对财产性取得或利益进行，对非财产性所得不得征税。工伤保险补偿不属财产性权利，属于人身权，不属于征税范围，以不应征税为原则，以征税为例外。且司法实践中没有出现过对人身损害或者死亡赔偿进行征税的案例，因此用人单位对于苑师傅因工伤补偿需征税的说法是延期赔付工伤保险补偿款、推诿责任的拖词。苑师傅完全可以拒绝物业公司的分期赔付的提议，申请劳动仲裁，请求法院强制执行。

## 4 农民工生大病可获社会救助。

### 案例

2009年12月20日，农民工刘某在工地上死亡。刘某近段时间经常觉得胸部难受。大家都劝他去医院看看，他一直拖着。随着疼痛的加重，在工友的坚持下，他才到工地附近的一个小诊所去看了看。诊所医生给他开了一些治胃病的药，随后他就返回了工地继续干活，只是干活的间歇时间越来越长了，每到晚上，大家都能听到刘某的呻吟声。2009年20日8时许，工友们发现刘某突然晕倒在地，急忙打了120电话求救。经当地医院抢救后，确认为：肝硬化晚期，花去医疗费4万元。

刘某的事件经媒体报道后，社会爱心人士与工友、老乡纷纷为其解囊相助，共捐得善款3万元，并且医院也将其列为农民工绿色通道人员，对其医院费给予减免5千元，用人单位建筑公司因参加了当地城镇职工的医疗工伤保险，为其核销了医疗费3.2万元，社会捐款余额作为刘某后续的医疗费。刘某在社会各界人士的关心下，没有重蹈很多农民工得了大病就得返乡等死的悲剧。

### 解析

舍不得掏钱看病是农民工们的共同特点。他们大病拖，小病扛，有的实在扛不下去了，就去街头巷尾的小诊所拿点止疼药了事，结果日积月累小病成了大病，得了大病就得回家；因病致贫、因病返贫现象一度很是严重。但是随着社会的发展，农民工兄弟也应该爱惜自己的身体，生了病也不必再害怕，新型农村合作医疗与农民工参加城镇医疗保险对其患病是一个保障，社会救助途径也能给农民工在患病时雪中送炭。

 要给农村留守儿童心理关怀。

**案例**

　　13岁的小朋很小的时候父亲就去世了，为了养活小朋与弟弟，母亲在他六岁时就外出打工，他被寄养在奶奶家里，尽管奶奶对小朋与弟弟非常疼爱，可是每次听到别人的妈妈与孩子亲密的对话，小朋心里就空荡荡的，很难过。他的妈妈已经有三年没回来过了，只是每个月会寄来生活费。小朋知道母亲必须外出赚钱养活自己和弟弟，可是长期见不到妈妈的痛苦，让他渐渐地对母亲有了怨恨，"妈妈是不是在外面有新家了，要不然怎么就不管我们了呢。"小朋有了深深的被遗弃感。在一次与同学因打扫教室卫生争吵时，小朋动手将同学打伤了，致使那个同学颅脑重度损伤，小朋被劳动教养。

**解析**

　　"留守儿童"是指父母长期外出，被留守在家，由祖辈或亲友监护的16岁以下（包括16岁）儿童。随着城市流动人口的增加，特别是农村进城务工人员的增多，留守儿童的数量也在增多，留守儿童的心理问题是社会与家长不容忽视的社会问题，要引起外出务工的家长的高度重视。

　　首先，留守儿童心理极易出现偏差，由于长期和父母分离，使他们在心理和生理上的得不到亲人的关爱，因此情绪消极、孤僻任性、自私冷漠，极易产生叛逆、厌世情绪，在遇到挫折时觉得生活没有意思，甚至产生过自杀念头。其次留守儿童的学习状况令人担忧，他们对学习和生活缺乏热情，进取心、自觉性不强，有厌学倾向。第三留守儿童的行为习惯较差，爱说谎、沉迷于网络游戏等。

外出务工的父母收入不高，且居无定所，城市生活费用过高，难以将孩子带在身边，只能交由家中的老人抚养，这是可以理解的，但一定不要因此就放弃了对孩子的监管，尤其是心理上的关怀。否则可能是打工赚来的钱，不够孩子沾染上坏习惯造成的损失代价大，得不偿失。

 **6** **家庭暴力是违法行为。**

**案例**

2008年，黄某到庆城某工厂打工时，与同厂刘某相识，两个年轻人从在车间见第一面起，就对彼此有好感，在日后的工作中，男孩刘某对黄某尽可能地照顾，平时休息会约黄某去逛街，陪她聊天，随着感情的加深，两人确定了恋爱关系，最终结婚。在结婚的前两年，刘某对黄某还是不错的，可在孩子出生后，黄某没有上班，留在家里照顾孩子，而刘某一个人打工赚钱，维持三口之家在城市生活，确实有点不堪重负，于是刘某每当烦、累时，就开始喝酒，每喝必醉，每醉必闹，此时黄某稍有不顺，抬手就打。看到丈夫这个样子，黄某感觉到生活没有了希望，于是提出离婚。但在说出离婚这两个字时，灾难也降临到她头上，喝得酩酊大醉的刘某举起啤酒瓶子将其一下打倒在地，而刘某已经醉得不知道自己做了什么，黄某最终因失血过多死亡。

### 解析

家庭暴力在农村社会生活环境中，还不乏其人，因为农村传统的耕作生活方式还是以男人为主要劳动力，对于男性的尊宠还是有一定的社会根基的，可这种社会现象是违法的，尤其是对已经进城的农民工来说，应该彻底根除这种恶习，否则带给自己的是终生的悔恨，酿就自己人生的苦酒。

 **7** 遭遇卖精子骗局。

### 案例

2009 年 11 月 10 日，小王来到了庆城打工，刚来到向往已久的城市，小王很是兴奋，发誓一定要赚到钱，在这个城市买一个房子，把留在乡下的妈妈接过来，让她也看看这城里的繁华、享点福。上班一个月后，发了工资，一千元钱，这在老家可是了不得的，每个月能赚一千元钱，村长也赚不到啊。可是开工资时，小王发到手里的钱只有六百五十元钱，一问是因为还要扣保险的钱，饭钱也要直接扣出来，到手里的就这么多了。

下班后，小王来到工厂附近的农贸市场转悠，忽然看见电线杆上贴着一个小广告：某富姐，因与前夫感情不和，离婚多年，对感情已失望，不想再婚，但渴望有一个孩子，欲寻找一位相貌英俊，身高 1 米 80 以上、年龄在 30 岁以内、身体健康的男子，借精怀孕，怀孕成功后，捧金 5 万元。

小王忽然眼前一亮，这是个不错的发财机会呀，自己正符合这个广告上要求的条件，何况这也不费什么事，神不知鬼不觉地做了，能发一大笔财，这不是求之不得的好事嘛。于是小王拿起了电话，照着广告上的电话号码拨了过去，对方是一个嗓音甜美的女生，听了小王的自我介绍后，对他的条件完全满意，表示可以进一步合作，但是富姐要求对其个人信息要求保密，小王如果有诚意，要先寄过来5千元钱作为保密押金，事成之后，只要小王不泄密，与酬金一并返还。小王觉得这个富姐还行，不是那种很随便的人，人家的要求很合理。于是找老乡凑了2千元钱，给汇了过去。小王按照对方指定的账号，汇完款后，再联系对方，此时电话已停机。小王的捐精发财梦终于在又花去了1百元电话费后，彻底破灭了。

### 解析

小王的发财梦，在打工族中很有代表性，类似的骗局还有富婆海报征婚、发短信中奖等等，但是一定要记住天下没有免费的午餐，也不会掉馅饼，靠劳动、靠勤劳积累财富才是人生的根本之路。这样骗子的骗局才不能得逞。

## 8 农民工被拖欠工资，跳塔吊威胁，后被行政拘留事件。

### 案例

2009年11月，一名建筑工地农民工因要不回来包工头欠他的一年工资2万元，趁保安没注意，爬到市政府大楼楼顶，向下喊话，声称如果今天拿不到欠款，就跳下去。

农民工穿着破旧的军大衣，站在高楼上，因紧张，不断地撕扯着军大衣上发黄的旧棉絮，黄白的棉絮随风不断地落下，楼下的人们真担心，因为风大，稍有不慎，他失足掉下来，就假戏真做了，于是楼下的人不断地安慰着他，同时报告了市政府。警察在第一时间赶到现场，工程发包方领导也及时赶到，并且承诺只要他下来，由发包方先行垫付所欠他的 2 万元工资款，这样已经冻僵了的农民工徐某在警察的搀扶下，走了下来，避免了悲剧的发生。但同时，在其走下来的同时，警察以其扰乱社会治安，对其进行了行政处罚，将其行政拘留 15 天，罚款 2 百元。

**解析**

农民工朋友们通过跳楼讨薪实为不得已，可也要切记生命是自己的，生命是最宝贵的，工资可能也会包含着救命钱，但在法治化的社会里，有了矛盾还是要通过法律程序解决问题，要相信政府，相信社会的公平正义，不可采取极端、盲目手段解决问题。

## 9 工作中因突发中毒的工伤处理。

**案例**

2004 年 9 月 2 日，某煤矿发生瓦斯泄漏，由于领导没有引起重视，当日发生爆炸，煤矿坍塌，造成空气中瓦斯含量骤增，矿工恭某被困在矿井下中毒死亡，另外五名矿工中毒深浅程度不一，单位为他们申请了工伤认定。

**解析**

矿工恭某在采煤过程中因煤矿爆炸坍塌事件中死亡，依据《工伤保险条例》第十四条第一项："在工作时间和工作场所内，因工作原因受到事故伤害的应当认定为工伤"的规定，为他认定为因工死亡没有任何疑义。

对于那些没有死亡却因煤气而中毒的矿工，依据《工伤保险条例》第十四条第四项之规定："患职业病的应当认定为工伤"，要经过职业病诊断，诊断后又分为两种结果：一、其中被诊断为职业病的三人，认定为工伤，可以享受工伤待遇；另两人没有诊断为职业病的，因中毒较浅抹杀了这一因工受到事故伤害的性质，不能认定工伤，不能享受到工伤待遇，这样处理是于法有据的。因其中毒深浅不一样，得到不同的处理是正确的，而对于中毒较浅没有诊断为职业病的矿工，可以享受疑似职业病人的报销医疗费用、住院期间的伙食补助费、全额工资、调换适当岗位等职业病待遇，这些疑似职业病人的待遇也是有保障的，只不过是由另外一部法律《职业病防治法》来保障，企业是在多部门、多角度、各种法律法规的规范下运营的，在事故处理上应该在遵守相关法律法规的前提下依法运行。

《企业职工伤亡事故分类》中规定伤亡事故指企业职工在生产劳动过程中，发生的人身伤害、急性中毒。因此即使地方法规没有明确规定急性中毒也应认定为工伤的情况下，根据《工伤保险条例》的精神，急性中毒没有鉴定为职业病的也应认定为工伤。

七

案例与解析

## 10 烘干工人喝水摔伤应认定工伤。

### 案例

2006 年 4 月 10 日，邢某到市劳动保障行政部门申述，自己是单位烘干塔的装卸料的工人，两个月前在工作过程中口渴了，去水房喝水时被水房门前的煤块硌倒摔伤。水房门前煤块堆积如山，单位未能为职工提供安全的行走通道与生产条件，导致职工在喝水的途中摔伤，职工要求认定工伤，并且在邢某摔伤后，单位没有采取任何措施，只是给邢某家里打了个电话，由家里人领回去在家休养。邢某由于没有钱去医院诊治，只在家里简单地敷了点骨伤药，导致骨折后骨头长错位，造成胳膊伸不直，影响了劳动能力。而单位认为职工喝水是个人行为，明显的不是工作原因，因此不能认定工伤。

### 解析

劳动保障行政部门在处理此案过程中，经过调查核实用人单位与邢某的书面材料，对于受伤经过双方均没有疑义，只就喝水这一性质观点不同。单位认为喝水是明显的个人行为，去喝水摔伤不能定为工伤。

但职工邢某认为自己干的工作一个整班是 12 小时，单位在工作规程中没有规定哪段时间是休息、吃饭、喝水的时间，但工友们不可能在这 12 个小时内不吃不喝，大家也就形成了习惯在工作间歇，谁渴了就去喝口水，中午找个空闲时间吃顿饭，领导也没有出来制止过。而且自己干的工作是烘干粮食，由于由于连续大量体力劳动加之作业环境属于高温场所，口渴喝水也是工作中的必然需要。

　　劳动保障行政部门根据案情的特殊情况，认定根据《工伤保险条例》第四条"用人单位应当遵守有关安全生产和职业病防治的法律法规，执行安全卫生规程和标准，预防工伤事故发生，避免和减少职业病危害。职工发生工伤时，用人单位应当采取措施使工伤职工得到及时救治"的规定以及邢某的12小时一个班烘干粮食的工作，需要在工作中补水的实际，认定单位未为邢某等人提供安全的工作环境，如水房门前堆积了大量的原煤，才导致邢某的摔伤，应当认定为工伤。并且在邢某摔伤后没有依法为其采取应得的救治措施，也未为其提供医疗费用，因此在劳动保障行政部门确认邢某属于工伤的情况下，用人单位应采取积极的补救措施。

　　况且即使邢某的情况不能定上工伤，在单位摔伤后，邢某也有享受医疗保险的权利，单位也应对其进行医疗救助，为其支付医疗费用，但不妨碍职工事后自己支付自付比例的医疗费。

## 11 更值人员在相交区域突发疾病应认定为工伤。

**案例**

　　2006年3月20日，孙某的儿子到市劳动保障行政部门为其父亲申请认定视同工伤。孙某是某公司的更值人员，2006年3月10日下午他与平时一样来到单位接晚班，看守自己负责的采摘园，但是当他17时到达单位与他

相邻的 1 号岗亭时，1 号岗与采摘园大概 100 米的距离，雨下大了，1 号岗内滞足停留了二个其他工友，一个是采摘园下班的王某，另一个是 2 号岗的刘某，1 号岗的现值人员许某也在，四个人就边等雨停边聊天。大约 18 时，雨停了，四个人一起走出 1 号岗亭，这时走在前面的孙某一头栽倒在地，三个人呼救不醒，急忙将其送往医院，到达医院后，抢救无效死亡。

### 解析

在调查核实过程中，孙某的儿子提供了事发当日从采摘园下班的王某，2 号岗的刘某，1 号岗的更值人员许某。当天孙某到达单位后因天下雨，他就停留在 1 号岗避雨，直至雨渐停，他们共同走出岗亭，孙某突发心脏病，一头栽倒在地。在 1 号岗能照看到采摘园的大门附近。

而单位认为孙某负责的是采摘园区域，他没有到达自己的工作区域，在其他岗位——1 号岗发病，而根据《工伤保险条例》第十五条第一项的规定，他突发疾病没有在自己的工作岗位上，应该不予认定视同工伤。

劳动保障行政部门不但调查了该公司与孙某提供的证人，而且深入到孙某值班的采摘园与 1 号岗亭观看更值区域实际的分布状况，了解到单位与孙某的证人提供的情况基本属实，情况就是孙某在 1 号岗突发心脏病死亡。但双方就他死亡的地点是否为他的工作岗位产生争议，单位意见很明确，孙某的工作岗位就是采摘园，这是领导口头分配的，没有书面记录。而孙某儿子的意见是：当天下雨，孙某已经到达工作区域，并且在 1 号岗也能看守到采摘园的地方并且进行了正常的瞭望，应该算是工作岗位突发疾病，符合工伤认定条件。

劳动保障行政部门在了解了整个案情后，分析了双方提供的证据材料，认定孙某当天已经到达单位值班区域，由于天下大雨，所以才停留在1号岗，并且在1号岗碰到了当天白天在采摘园值班且已下班的王某，另一个2号岗的刘某也在1号岗值班，孙某在1号岗也确实对采摘园进行了瞭望，执行了看护任务，虽然他们的值班行为不是很规范，没有按照单位要求的严格执行，虽然违反了企业内部的规定，但是也应该视为他们在履行工作职责，其工作地点应该视为工作岗位，因此劳动保障行政部门认定孙某突发疾病死亡的1号岗应视为孙某的工作岗位，认定孙某的突发疾病死亡为视同工伤。

## 12 下班后办理个人私事，虽事后返回过单位，发生事故不能认定工伤。

**案例**

2006年5月10日下午16时10分，路某向单位队长张某请假：自己去附近粮店买点大米，然后回家。张队长考虑单位正常16时30分下班，现在工作已经做完了，没什么事就同意了。路某就出去了，这个经过路某与单位其他同事都认可。

第二天路某没有来上班，过几天之后，家里来人到单位说明：路某当天买完大米后骑自行车回家途中被农用车撞伤，肇事车辆逃逸，路某被行人送到医院后得以脱险，现在医院治疗过程中，并请求单位给予认定工伤，因为是下班途中遭遇机动车事故受伤的。

### 解析

劳动保障行政部门接受路某的工伤认定申请的同时，在与其交谈过程中了解到路某是当日请假买完大米后回家途中被车撞伤，劳动保障行政部门工作人员为其讲解了政策，告诉他：如果他正常下班途中被车撞伤肯定能认定工伤，但是象他这样下班后为自己家买大米后才回家又被车撞伤的，不应该认定工伤，因为下班后他又做了私事买大米，应该视为下班已经完成，不能认定工伤。

路某第二次到劳动保障行政部门时，其聘请了代理律师，代理律师重新补交了相关证人证言材料，用以证实路某买完大米后发现大米袋子破了，就顺路回到单位院内把大米袋子用废纸堵上之后，这时时间已经是 16 时 30 分，到了正常下班的时间，然后骑自行车才回的家，在途中被农用车撞伤的，应该符合下班途中遭遇机动车事故的工伤认定条件，应当予以认定工伤。

在整个调查过程中，劳动保障行政部门主要核实了路某提供的证人证言，路某只提供出两个在他骑自行车回单位途中的证人，证实他的大米袋子破了，提醒他应该堵上，并看到他骑车子进院的过程的证据，并没有直接的目击证人能证明他 16 时 30 分从单位又骑自行车与其他同志下班这一事实，而且单位提供的证人证实，在单位的同志并没有谁看到路某回到单位这一事实，16 时 30 下班时也没有人看到他在院内或者在路上。而且单位强调即便路某回单位了，如他所说他回单位是为了堵大米袋子，而不是重新回单位继续工作，更何况他跟单位领导请假时就说了回家，回单位后也没有找领导销假，他去买大米是为了私事，回单位堵大米袋子也是私事，从他与张队长请完假后就应该视为与工作无关了，他也就完成了下班这一内容，所以他此后发生的事不应一概都认定为下班途中的事，即便遭遇了机动车事故，也不能认定工伤。

劳动保障行政部门分析了《工伤保险条例》第十四条第六项的规定，针对本案认定正如单位所说路某即使买完大米后又回单位堵大米袋子后，也是为了他的大米袋子，而不是回单位上班，因此也就不存在第二次下班这一条件，这种下班后处理私事的情况，应该视为下班中断，此后发生的机动车事故不能认定工伤，因此做出不予认定工伤的决定。

## 13 劳动关系不明确，可以做出不予受理决定。

### 案例

2006 年 8 月 20 日上午，一农民工胡某来到某市劳动保障行政部门申诉自己在某建筑工地上摔伤没人管一事，要求劳动保障行政部门现在帮自己去找老板要钱。劳动保障行政部门人员看到胡某头上血渍还未洗掉，且未进行任何处理，便询问他"怎么受伤的、什么时间、在哪摔伤的、在什么单位干活？"，胡某只能清楚自己是昨天在所建筑的工地二楼上往下运钢筋时掉到一楼上摔伤的，摔伤后老板不管自己，别的工友帮助把头上的血洗一洗，自己要上医院看看，找老板，老板没说两句就生气了，还骂自己，找别的管事的要把自己扔到湖里去，自己害怕就跑出来了，想找到劳动部门为自己做主。至于劳动保障行政部门询问他给哪个单位干活，他说不清楚，自己和老乡一同来的，只知道是某建筑工地，自己也刚干一

天活，老板叫什么也不知道。当问及这个老板有法人营业执照或者营业执照吗？他说"不知道，但应该是没有，他只是一个小工头，他们只干卸钢筋的活，听别的工友说这个活只干3天，马上要去另一个地方干另一个活。"虽然胡某什么情况也提供不了，但是却要求劳动保障行政部门为自己做主，自己现在没有钱看病、没有钱吃饭、没有地方住，要求劳动保障行政部门为自己做主，去工地为自己要钱。

**解析**

听了胡某的情况后，劳动保障工伤管理部门很为难，因为在没有按规定立案之前，按照依法行政的要求，本部门是没有权利直接下到工地去查处的，不能立刻实现胡某的要求为其做主。于是又再次询问胡某，你是否有老板的电话，我们先替你问一下情况，看能不能在电话中为你做做工作，希望老板能妥善处理他的问题。但是胡某在工地上任何人的电话号码也提供不出来，劳动保障工伤管理部门只好书面告知了他如果要求认定工伤，应提交的材料清单与工伤认定申请书，并告之其劳动关系证明可以用以下材料证明"（一）工资支付凭证或记录（职工工资发放花名册）、缴纳各项社会保险费的记录；（二）用人单位向劳动者发放的'工作证'、'服务证'等能够证明身份的证件；（三）劳动者填写的用人单位招工招聘'登记表'、'报名表'等招用记录；（四）考勤记录；（五）其他劳动者的证言等。"胡某很不满意，说自己都这样，老板不管自己，劳动部门还让自己提供这些材料，自己上哪还能弄这些资料，认为劳动保障行政部门是在难为自己，不同情农民工，不为农民工做主。

　　劳动保障工伤管理部门立刻对他的案件进行了研究，分析认为从胡某的陈述中，他明确地交待根据《工伤保险条例》第十八条当事人应提交的两个材料"劳动关系证明与医疗资料他都提供不出来"，他没有去医疗机构处理，肯定是没有医疗资料的；至于劳动关系证明，在什么单位工作他不知道，而且具他讲：他给一个包钢筋的流动小工头干活，小工头也不会有执照，小工头的名字他也说不清楚，而在他必须马上要拿到书面答复的情况下，劳动保障工伤管理部门依据《工伤保险条例》第十八条、《工伤认定办法》第七条的规定，做出不予受理的决定。并告之，依据《关于确立劳动关系有关事项的通知》（劳社部发〔2005〕12号）第五条"劳动者与用人单位就是否存在劳动关系引发争议的，可以向有管辖权的劳动争议仲裁委员会申请仲裁。"他如果不明确自己与哪个单位有劳动关系可以据此向劳动仲裁委员会申请仲裁自己的劳动关系，以此把劳动关系明确下来，再到工伤管理部门进行工伤认定。至于医疗资料，他可以到有挂有"红十字"的医院要求诊治，要求医生为其出具诊断等医疗资料即可。胡某接到劳动保障工伤适管理部门的书面不予受理决定后，没有再提出什么疑异。

## 14　工伤待遇案例

**案例**

　　2007 年 5 月 30 日上午刘某来到 A 某市人力资源和社会保障局工伤保障科询问自己的工伤待遇问题。刘某称自

七
案例与解析

151

己在某冶炼公司从事冶炼工作五年了，今年2月份在省职业病院诊断为职业性尘肺Ⅲ期，肺功能中度损伤及重度低氧血症，已经被认定为工伤，且鉴定为伤残Ⅱ级，部分护理依赖。但是自己所在的单位某冶炼公司到现在也不管自己，自己没有生活费，也没有得到任何补偿，在这种情况下自己应该向公司要求哪些工作待遇呢？

**解析**

市劳动和社会保障局工伤科工作人员答复刘某：他因尘肺Ⅲ期，肺功能中度损伤及重度低氧血症，已经被认定为工伤，且鉴定为伤残Ⅱ级，部分护理依赖。他可以向他所在单位冶炼公司要求以下工伤待遇：一、治疗尘肺所花费的医疗费用；二、住院期间需要护理的，单位应派人护理或者支付护理费；三、住院期间按照因工出差伙食补助标准的70%支付的伙食补助费；四、到外地就医的，所需的交通费、食宿费用；五、康复性治疗的费用；六、安装辅助器具如其需要的轮椅等费用；七、在停工留薪期内享受原工资福利待遇；八、生活护理费，他是部分护理依赖，享受统筹地区上年度职工平均月工资30%的生活护理费。但他应该与正常职工一样缴纳由个人缴纳的基本费。

如果他的单位冶炼公司参加了工伤保险，其中第一、五、六、八项待遇由工伤保险基金支付；其余项目由他所在的单位冶炼公司支付。如果冶炼公司没有参加工伤保险，以上费用全部其所在单位冶炼公司支付。

## 15 非法用工单位的职工受到事故伤害的不需申请认定工伤。

**案例**

2005 年 6 月 21 日上午 10 时 30 分，农民工应某在其工作的某摩托车修理部修理车辆时，被突然落下的摩托车架子砸坏左臂，造成左桡骨骨折。2005 年 6 月 25 日到市劳动保障行政部门提出工伤认定申请。经调查核实该摩托车修理部已经对外营业三年，但一直未领取工商营业执照。

**解析**

本案的劳动者应某在申请材料中明确地陈述：该单位没有法人营业执照。因此劳动保障行政部门依据《工伤保险条例》第六十三条"无营业执照或者未经依法登记、备案的单位以及被依法吊销营业执照或者撤销登记、备案的单位的职工受到事故伤害或者患职业病的，由该单位向伤残职工或者死亡职工的直系亲属给予一次性赔偿，赔偿标准不得低于本条例规定的工伤保险待遇"的规定，作出了不予受理工伤申请的决定。因该用人单位没有法人营业执照，不是《劳动法》上规定的用人单位，其与劳动者之间也就不存在劳动关系，不具备劳动法上的主体身份，因此也就不能进行工伤认定。但是《工伤保险条例》明确地将其纳入劳动部门的管理范围，并在《非法用工主体一次性赔偿办法》中规定比照工伤待遇处理。

此类案件一般由劳动能力鉴定委员会为劳动者作出伤

七 案例与解析

残级别鉴定，然后比照工伤待遇，由劳动仲裁委员会作出裁决，如果非法用工主体不执行，最后由人民法院强制执行非法用工主体开办的财产，切实落实对劳动者的权益的保障。

## 16　因工作需要，接种疫苗过量反患病应定为职业病。

**案例**

2003 年 5 月 10 日，某牧场 10 名职工到某市劳动保障行政部门咨询，他们这 10 个人都是牧场职工，放牧为主，牧场为了保障大家的职业安全，每年都给他们接种预防布鲁氏菌病的疫苗，他们的身体也都很健康。去年 5 月 1 日他们 10 个人一个小组接种了疫苗后，在 6 月份却感觉到周身不适，症状主要有发热、多汗、疼痛、多汗，尤其发病初期更为明显，晚上汗更多，汗质黏稠，多出现在头胸部，乏力、食欲不振、精神倦怠等类似于感冒，俗称懒病。首先出现的症状是发烧，体温可达 38～40℃，不同人发烧的热型差别较大。有的人体温并不太高，波动于 37～38℃ 之间，持续时间长，处于长期低热状态；有的人体温呈波浪状，即高热几天，体温降下来几天，又开始高，反复多次；还有的体温忽高忽低，早晚变化大，病情凶险，呈弛张性发热等。当前主要是长期低热者多。还经常出现骨关节疼痛、肿胀等。发病初期不明显，体温逐渐下降时骨关节症状相继出现。疼痛或骨关节活动障碍的部位多见于大关节，如，腰、骶、髋、肩、肘、膝等关节。常易误诊为风湿病。某些人的某些部位淋巴结肿大（腋下、鼠蹊部等），肝、脾肿大等。

后经检查患了布病，起因是在接种疫苗过程中，打药过量，反倒患上了布病。10人要求劳动保障行政部门为他们认定职业病性工伤。

**解析**

劳动保障行政部门受理了10人的工伤认定申请与职业病诊断证明后，了解到布鲁氏菌病简称布病，是由布鲁氏菌属的细菌引起的一种变态反应性人畜共患的传染病。

又到单位了解了他们的发病经过，确认了他们10人的患病经过正如他们所述：认定他们是在牧场工作这一高危人环境需要的情况下，由牧场安排进行的疫苗注射，虽然他们的布病不象其他职工一样在接触羊、牛、猪中慢性形成，但是他们的疾病是由于工作环境、工作原因造成的，由于单位将冻干菌苗用无菌生理盐水稀释后，给他们在上肢三角肌处消毒后划痕皮上划痕接种了104M苗，但是由于医护人员是新进院的护士，操作失误，没有严格控制每个人免疫量50亿的滴入量，即在划痕处滴2滴苗液的要求，而超量注射，致使他们10人滴入量过多，致使其发病。为此劳动保障行政部门为他们做出工伤认定决定。

七
案例与解析

# 附 录

农·民·工·权·益·维·护·读·本

注：为方便广大农民工朋友就业维权，本书提供了一些机构的电话，限于电话号码的时效性，读者在拨打时也许会出现错误，敬请谅解。

 全国就业指导机构联系方式（部分）

| 地 区 | 机构名称 | 地 址 | 联系人 | 联系电话 |
|---|---|---|---|---|
| 北京市 | | | | |
| 北京市 | 北京市职业介绍服务中心 | 北京市宣武区永定门内西街三号 | 李世广 | 010-63170764/63184488 |
| 北京市 | 北京市顺义区职业介绍服务中心 | 北京市顺义区府前东街6号 | 王 池 | 010-69421392 |
| 北京市 | 北京市密云县职业介绍服务中心 | 北京市密云县新西路32号 | 曹瑞斌 | 010-69043825 |
| 北京市 | 北京市门头沟区职业介绍服务中心 | 北京市门头沟区新桥南大街13号 | 王连利 | 010-69843854 |
| 北京市 | 北京市石景山区职业介绍服务中心 | 北京市石景山区杨庄东路66号 | 刘盛杰 | 010-68879893 |
| 北京市 | 北京市东城区职业介绍服务中心 | 北京市东城区安外地坛公园 | 赵冬红 | 010-84253922 |
| 北京市 | 北京市朝阳区职业介绍服务中心 | 北京市朝阳区东直门霄云路34号 | 徐宝荣 | 010-64630414 |
| 北京市 | 北京市丰台区职业介绍服务中心 | 北京市丰台区东安街三条一号 | 李淑媛 | 010-63848465 |
| 北京市 | 北京开发区职业介绍服务中心 | 北京市开发区万源街4号 | 任鸣晨 | 010-67871291 |

| 地　区 | 机构名称 | 地　址 | 联系人 | 联系电话 |
|---|---|---|---|---|
| 北京市 |  |  |  |  |
| 北京市 | 北京市房山区职业介绍服务中心 | 北京市房山区良乡 | 张炳水 | 010-89367011 |
| 北京市 | 北京市崇文区职业介绍服务中心 | 北京市崇文区 | 刘燕平 | 010-67158013 |
| 北京市 | 北京市平谷区职业介绍服务中心 | 北京市平谷区府前西街9号 | 薛振明 | 010-69961882 |
| 北京市 | 北京市西城区职业介绍服务中心 | 北京市西城区 | 郭景彪 | 010-68068166 |
| 北京市 | 北京市怀柔区职业介绍服务中心 | 北京市怀柔区开放路21号 | 赵玉山 | 010-69641845 |
| 北京市 | 北京市宣武区职业介绍服务中心 | 北京市宣武区虎坊路7号 | 贾铁山 | 010-63185198 |
| 北京市 | 北京市海淀区职业介绍服务中心 | 北京市海淀区苏州街72号 | 顾淑敏 | 010-62528518 |
| 北京市 | 北京市顺义区外来劳动力中心 | 北京市顺义区府前东街6号 | 王　池 | 010-69421392 |
| 北京市 | 北京市昌平区职业介绍服务中心 | 北京市昌平区 | 丰益全 | 010-69741507 |
| 天津市 |  |  |  |  |
| 天津市 | 天津市职业介绍服务中心 | 天津市和平区台儿庄13号 | 于茂东 | 022-23312266 |
| 天津市 | 天津市职业介绍河北中心 | 天津市河北区冯路街道78号 | 李惠迁 | 022-26215550 |

附录

续表

| 地　区 | 机构名称 | 地　　址 | 联系人 | 联系电话 |
|---|---|---|---|---|
| | 天津市 | | | |
| 天津市 | 天津市宝坻区职业介绍服务中心 | 天津市宝坻区 | 赵金明 | 022-29241539 |
| 天津市 | 天津市东丽区劳动力管理服务中心 | 天津市东丽区荣城路13号 | 孙振常 | 022-24306653 |
| 天津市 | 天津市武清区劳动力市场 | 天津市武清区 | 张　福 | 022-82113951 |
| 天津市 | 天津市北辰区职业介绍服务中心 | 天津市北辰区高峰 | 祁继和 | 022-26391466 |
| 天津市 | 天津市沣南区劳动力市场 | 天津市沣南区沣南路91号 | 李吉祥 | 022-28392646 |
| 天津市 | 天津市大港区职业介绍中心 | 天津市大港区世纪大道68号 | 刘金泉 | 022-63211375 |
| | 上海市 | | | |
| 上海市 | 上海工会劳动就业服务中心 | 上海市中州路68弄22号 | 办公室 | 021-65454289 |
| 上海市 | 上海市就业促进中心 | 上海市天山路1800号 | 办公室 | 021-62299374 |
| 上海市 | 上海市职业介绍中心浦东新区分中心 | 上海市浦东南路3995号 | 办公室 | 021-58740409 |
| 上海市 | 上海市职业介绍中心长宁分中心 | 上海市武夷路513-517号 | 办公室 | 021-62400032-229 |

| 地 区 | 机构名称 | 地 址 | 联系人 | 联系电话 |
|---|---|---|---|---|
| 上海市 | | | | |
| 上海市 | 上海市职业介绍中心普陀分中心 | 上海市武宁路1036号 | 办公室 | 021-62547410 |
| 上海市 | 上海市职业介绍中心闸北分中心 | 上海市沪太路707号 | 办公室 | 021-56089851 |
| 上海市 | 上海市职业介绍中心虹口分中心 | 上海市曲阳路191号 | 办公室 | 021-65072590 |
| 上海市 | 上海市职业介绍中心杨浦分中心 | 上海市江浦路728号 | 办公室 | 021-65419450-2992 |
| 上海市 | 上海市职业介绍中心黄浦分中心 | 上海市新永安路7号 | 办公室 | 021-63555606 |
| 上海市 | 上海市职业介绍中心宝山分中心 | 上海市宝杨路1026号 | 办公室 | 021-56126974 |
| 上海市 | 上海市职业介绍中心闵行分中心 | 上海市莘凌路130号 | 办公室 | 021-64982020-107 |
| 重庆市 | | | | |
| 重庆市 | 重庆市开发区职业介绍中心 | 重庆市经济开发区南坪寺路2号 | 刘 萍 | 023-62982591 |
| 重庆市 | 重庆市职业介绍服务中心 | 重庆市江北区建北街道三村2号 | 杨唐森 | 023-67513116 |
| 北碚区 | 重庆市北碚区职业介绍服务中心 | 重庆市北碚区中山街72号 | 杨福平 | 023-68208324 |

| 地　区 | 机构名称 | 地　址 | 联系人 | 联系电话 |
|---|---|---|---|---|
| 重庆市 | | | | |
| 开发区 | 重庆经济技术开发区职业介绍所 | 重庆市经济开发区南坪寺路2号 | 刘　萍 | 023-62982591 |
| 合川市 | 重庆市合川市职业介绍服务中心 | 重庆市合川市申明亭街34号 | 庞春木 | 023-42843778 |
| 南川市 | 重庆市南川市职业介绍所 | 重庆市南川市和平街支路2号 | 周保平 | 023-71421296 |
| 渝中区 | 重庆市渝中区职业介绍服务中心 | 重庆市渝中区解放西路169号 | 殷渝琴 | 023-63809605 |
| 江北区 | 重庆市江北区职业介绍服务中心 | 重庆市江北区建成新北路45号 | 曾庆 | 023-67505707 |
| 涪陵区 | 重庆市涪陵区劳动力市场管理办公室 | 重庆市涪陵区兴华中路46号 | 王新业 | 023-72226778 |
| 大渡口 | 重庆市大渡口区职业介绍所 | 重庆市大渡口区朝花路393 | 鄢秀珍 | 023-68905282 |
| 南岸区 | 重庆市南岸区职业介绍服务中心 | 重庆市南岸区惠二路192号 | 王明贤 | 023-62816083 |
| 万盛区 | 重庆市万盛区职业介绍所 | 重庆市万盛区万新街号 | 陈克桥 | 023-48281826 |
| 巴南区 | 重庆市巴南区职业介绍所 | 重庆市巴南区鱼洞街下河路34号 | 周志坚 | 023-66222188 |
| 江津市 | 重庆江津市职业介绍服务中心 | 重庆市江津市大有正街1号 | 任永江 | 023-47538502 |

| 地　区 | 机构名称 | 地　　址 | 联系人 | 联系电话 |
|---|---|---|---|---|
| | | 重庆市 | | |
| 九龙坡 | 重庆市九龙坡区职业介绍所 | 重庆市九龙坡区杨家坪街 | 陈智华 | 023-68780715 |
| 万州区 | 重庆市万州区职业介绍服务中心 | 重庆市万州区新城路 350 号 | 郑义顺 | 023-58222063 |
| 长寿区 | 重庆市长寿区职业介绍所 | 重庆市长寿区望江路 26 号 | 晏　宏 | 023-40251900 |
| 黔江区 | 重庆市黔江区职业介绍服务中心 | 重庆市黔江区新华西路 | 郑红刚 | 023-79237970 |
| | | 河北省 | | |
| 石家庄 | 河北省职业介绍服务服中心 | 河北省石家庄市新华区维明街 116 号 | 柴振山 | 0311-8616738 |
| 石家庄 | 河北省石家庄市省会职业介绍服务中心 | 河北省石家庄市裕华区裕华东路 237 号 | 王君亭 | 0311-86048494 |
| 石家庄 | 河北省石家庄市开发区人才力劳力开发交流中心 | 河北省石家庄市高新区天山大街头 109 号 | 王光军 | 0311-85964947 |
| 唐山市 | 唐山市职业介绍服务中心 | 河北省唐山市路北区文化街 54 号 | 石乃群 | 0315-2823963 |
| 唐山市 | 高新技术开发区职业介绍所 | 河北省唐山高新区 | 李卫明 | 0315-3178116 |
| 秦皇岛 | 秦皇岛市职业介绍服务中心 | 河北省秦皇岛市海港区河北大街 466 号 | 程乃廷 | 0335-3039699 |

| 地 区 | 机构名称 | 地 址 | 联系人 | 联系电话 |
|---|---|---|---|---|
| | 河北省 | | | |
| 邯郸市 | 邯郸市职业介绍中心 | 河北省邯郸市青年路45号 | 时社先 | 0310-3286202 |
| 保定市 | 保定市职业介绍中心 | 河北省保定市百花路238号 | 张连双 | 0312-3027832 |
| 保定市 | 保定市定州市培训就业中心 | 河北省保定市定州市 | 齐亚丽 | 0312-2330964 |
| 张家口 | 张家口市职业介绍服务中心 | 河北省张家口市宝善街36号 | 王 兵 | 0313-2025442 |
| 承德市 | 承德市职业介绍服务中心 | 河北省承德市石桥区 | 黄德霖 | 0314-2025748 |
| 承德市 | 邢台市职业介绍服务中心 | 河北省邢台市公园路66号 | 王振国 | 0319-2220090 |
| 沧州市 | 沧州市职业介绍服务中心 | 河北省沧州市 | 闫祥生 | 0317-3027926 |
| 沧州市 | 沧州市黄骅市职业介绍所 | 河北省沧州市黄骅市文化街 | 马福军 | 0317-5221514 |
| 衡水市 | 衡水市职业介绍服务中心 | 河北省衡水市 | 刘 君 | 0318-2023324 |
| | 山东省 | | | |
| 济南市 | 山东省职业介绍中心 | 山东省济南市经六路153号 | 办公室 | 0531-7928144 |
| 济南市 | 济南市职业介绍中心 | 山东省济南市大纬二路176号 | 办公室 | 0531-82051908 |

| 地 区 | 机构名称 | 地 址 | 联系人 | 联系电话 |
|---|---|---|---|---|
| | | 山东省 | | |
| 济南市 | 济南市市中区职业介绍中心 | 山东省济南市经七纬一路261号 | 办公室 | 0531-82078429 |
| 济南市 | 济南市天桥区职业介绍中心 | 山东省济南市无影山路55-1号 | 办公室 | 0531-85955162 |
| 济南市 | 济南市历下区职业介绍中心 | 济南市历山路99号 | 办公室 | 0531-86955583 |
| 济南市 | 济南市历城区职业介绍中心 | 济南市花园路2-1号 | 办公室 | 0531-88066036 |
| 济南市 | 济南市槐荫区职业介绍中心 | 济南市道德北街202号 | 办公室 | 0531-87957286 |
| 济南市 | 济南市长清区职业介绍中心 | 济南市峰山路84号 | 办公室 | 0531-87222253 |
| 济南市 | 济南市高新区职业介绍中心 | 济南市工业南路28号 | 办公室 | 0531-88871628 |
| 青岛市 | 中国青岛人力资源市场 | 青岛市延吉路38号 | 就业处 | 0532-83668906 |
| 青岛市 | 市外来从业人员职业介绍中心 | 青岛市市北区内蒙路17号 | 办公室 | 0532-83832069 |
| 淄博市 | 淄博市人力资源市场 | 淄博市张店区中心路191号 | 办公室 | 0533-3181932 |
| 东营市 | 东营市职业介绍中心 | 东营市东城商贸城胜通园52号 | 办公室 | 0546-8080226 |

续表

| 地 区 | 机构名称 | 地 址 | 联系人 | 联系电话 |
|---|---|---|---|---|
| 山东省 | | | | |
| 烟台市 | 烟台市职业介绍中心 | 烟台市芝罘区南大街 84 号 | 办公室 | 0535-6252443 |
| 潍坊市 | 潍坊市人力资源市场 | 潍坊市奎文区新华路 19 号 | 办公室 | 0536-858222 |
| 济宁市 | 济宁市职业介绍中心 | 济宁市市中区建设北路 121 号 | 办公室 | 0537-2347819 |
| 泰安市 | 泰安市职业介绍中心 | 泰安市红门路 34 号 | 办公室 | 0538-6203563 |
| 威海市 | 威海市职业介绍中心 | 威海市古陌路 6 号 | 办公室 | 0631-5202354 |
| 日照市 | 日照市职业介绍中心 | 日照市北京路 128 号 | 办公室 | 0633-8866131 |
| 临沂市 | 临沂市职业介绍中心 | 临沂市沂蒙路 173 号 | 办公室 | 0539-8314887 |
| 德州市 | 德州市职业介绍中心 | 德州市德城区三八路进步街 1 号 | 办公室 | 0534-2646876 |
| 聊城市 | 聊城市职业介绍中心 | 聊城市花园北路 81 号 | 办公室 | 0635-2189131 |
| 菏泽市 | 菏泽市职业介绍中心 | 菏泽市中华东路 66 号 | 办公室 | 0530-5965005 |
| 山西省 | | | | |
| 大同市 | 大同市职业介绍服务中心 | 山西省大同市南环路街 1 号 | 纪 雪 | 0352-5022677 |

| 地　区 | 机构名称 | 地　址 | 联系人 | 联系电话 |
|---|---|---|---|---|
| | | 山西省 | | |
| 孝义市 | 孝义市职业介绍服务中心 | 孝义市府前街道 | 孟庆宏 | 0358-7626363 |
| 朔州市 | 朔州市职业介绍服务中心 | 朔州市府乐街道8号 | 贾存毅 | 0349-2037668 |
| 晋中市 | 晋中市职业介绍服务中心 | 晋中市迎宾街道19号 | 安新旺 | 0354-3289799 |
| 太原市 | 太原市职业介绍服务中心 | 太原市晋祠路一段25号 | 张子儒 | 0351-6181326 |
| 运城市 | 山西省运城市职业介绍服务中心 | 运城市中银街道19号 | 周登峰 | 0359-2223641 |
| | | 内蒙古 | | |
| 锡林浩特市 | 锡林郭勒盟职业介绍中心 | 内蒙古锡林浩特市锡林大街57号 | 徐育才 | 0479-8223426 |
| 锡林浩特市 | 锡林浩特市职业中心 | 内蒙古锡林浩特那达慕大街 | 刘善刚 | 0479-8227466 |
| 呼和浩特市 | 呼和浩特市职业介绍中心 | 内蒙古呼和浩特市 | 刘波 | 0471-6284693 |
| 包头市 | 包头市职业介绍中心 | 内蒙古包头市昆区乌兰道30号 | 徐尉林 | 0472-2124186 |
| | | 辽宁省 | | |
| 营口市 | 营口市职业介绍服务中心 | 辽宁省营口市 | 徐志绘 | 0417-2166878 |

续表

| 地　区 | 机构名称 | 地　址 | 联系人 | 联系电话 |
|---|---|---|---|---|
| 辽宁省 | | | | |
| 本溪市 | 本溪市职业介绍服务中心 | 辽宁省本溪市 | 王　谦 | 0414-3834417 |
| 抚顺市 | 抚顺市劳动就业管理局 | 辽宁省抚顺市新抚区 | 魏福成 | 0413-2632622 |
| 锦州市 | 锦州市职业介绍中心 | 辽宁省锦州市市府路72号 | 王贺年 | 0416-3881581 |
| 沈阳市 | 沈阳市职业介绍服务中心 | 沈阳市沈河区八纬路23号 | 刘志寰 | 024-22711296 |
| 大连市 | 大连市职业介绍中心 | 大连市中山区民意街16号 | 臧文刚 | 0411-2810068 |
| 阜新市 | 阜新市职业介绍服务中心 | 阜新市细河区中华街29号 | 陈　辉 | 0418-2827120 |
| 辽阳市 | 辽阳市职业介绍服务中心 | 辽旭市文圣区武圣街171号 | 曹　金 | 0419-2126049 |
| 吉林省 | | | | |
| 四平市 | 四平市职业介绍服务中心 | 四平市铁西区海丰 | 李国金 | 0434-3270399 |
| 双辽市 | 双辽市职业介绍服务中心 | 双辽市辽南北宁路14号 | 伍　伦 | 0434-7222454 |
| 长春市 | 长春市职业介绍服务中心 | 长春市长春大街138号 | 赵雅彬 | 0431-8953222 |
| 白山市 | 白山市职业介绍服务中心 | 白山市浑江大街49号 | 李会国 | 0439-3317902 |

| 地 区 | 机构名称 | 地 址 | 联系人 | 联系电话 |
|---|---|---|---|---|
| | | 吉林省 | | |
| 辽源市 | 辽源市职业介绍服务中心 | 辽源市西宁街11号 | 刘振江 | 0437-3222698 |
| | | 黑龙江省 | | |
| 哈尔滨 | 黑龙江省职业介绍中心 | 哈尔滨南岗区奋斗路327号 | 王茂松 | 0451-3621083 |
| 大庆市 | 大庆市职业介绍中心 | 黑龙江省大庆市开发区 | 边文祥 | 0459-4616655 |
| 牡丹江 | 牡丹江市职业介绍服务中心 | 牡丹江市新安街道154号 | 石青文 | 0453-6277360 |
| 佳木斯 | 佳木斯市职业介绍服务中心 | 佳木斯市前进区西林街道98号 | 郝奎霖 | 0454-8247442 |
| | | 江苏省 | | |
| 常州市 | 常州市职业介绍服务中心 | 江苏省常州市天宁区 | 张迎庆 | 0519-8107097 |
| 盐城市 | 盐城市职业介绍中心 | 盐城市迎宾北路64号 | 严 楠 | 0515-8312408 |
| 昆山市 | 昆山市职业介绍服务中心 | 苏州市昆山市前进西路69号 | 办公室 | 0512-57559852 |
| 江阳市 | 江阳市职业介绍服务中心 | 江苏省无锡市江阳市 | 汤正荣 | 0510-6814301 |
| 张家港 | 张家港市职业介绍服务中心 | 江苏省张家港市 | 曹摩飞 | 0520-58138695 |

农·民·工·权·益·维·护·读·本

| 地 区 | 机构名称 | 地 址 | 联系人 | 联系电话 |
|---|---|---|---|---|
| 江苏省 | | | | |
| 南通市 | 南通市职业介绍服务中心 | 南通市青年西路33号 | 沈剑云 | 0513-3559196 |
| 连云港 | 连云港市职业介绍服务中心 | 连云港市朝阳东路2号 | 骆晓光 | 0518-5805444 |
| 无锡市 | 无锡市职业介绍服务中心 | 江苏省无锡市 | 郁 健 | 0510-5043566 |
| 镇江市 | 镇江市职业介绍服务中心 | 江苏省镇江市运沙路12号 | 江玉明 | 0511-5234649 |
| 徐州市 | 徐州市职业介绍服务中心 | 江苏省徐州市西安南路1号 | 胡维坚 | 0516-5700142 |
| 南京市 | 南京市职业介绍服务中心 | 南京市建邺区南湖街道61号 | 章 萍 | 025-6590819 |
| 苏州市 | 市人才资源开发管理中心 | 江苏省苏州市新区 | 袁佩林 | 0512-68257746 |
| 扬州市 | 扬州市职业介绍服务中心 | 江苏省扬州市友谊路49号 | 钱 峥 | 0514-7338609 |
| 浙江省 | | | | |
| 杭州市 | 浙江省职业介绍服务指导中心 | 杭州市下城区百井坊巷91号 | 孔祥文 | 0571-85172417 |
| 杭州市 | 杭州市职业介绍服中心 | 杭州市中河中路242号 | 就业处 | 0571-87916062 |
| 杭州市 | 萧山区职业介绍服务中心 | 杭州市萧绍路516号 | 就业处 | 0571-82722237 |

| 地　区 | 机构名称 | 地　址 | 联系人 | 联系电话 |
|---|---|---|---|---|
| | | 浙江省 | | |
| 杭州市 | 余杭区职业介绍服务中心 | 杭州市临平保健路43号 | 就业处 | 0571-86229681 |
| 杭州市 | 拱墅区职业介绍服务中心 | 杭州市拱宸桥登云路新村16幢 | 就业处 | 0571-88192284 |
| 杭州市 | 下城区职业介绍服务中心 | 杭州市中山北路419号 | 就业处 | 0571-85063409 |
| 建德市 | 建德市职业介绍服务中心 | 杭州市新安江翠薇路1幢 | 就业处 | 0571-64722992 |
| 宁波市 | 宁波市职业介绍服务中心 | 浙江省宁波市江东区 | 方小强 | 0571-87332175 |
| 宁波市 | 宁波市就业管理服务局 | 浙江省宁波市 | 陈文伟 | 0571-87465458 |
| 嘉兴市 | 嘉兴市职业介绍中心 | 浙江省嘉兴市中山路93号 | 丁　力 | 0573-2089859 |
| | | 安徽省 | | |
| 合肥市 | 合肥市职业介绍中心 | 合肥市庐阳区益民街道金寨路360 | 方　强 | 0551-2633205 |
| 六安市 | 六安市职业介绍中心 | 安徽省六安市梅山路50号 | 程光柱 | 0564-3321776 |
| 安庆市 | 安庆市职业介绍中心 | 安徽省安庆市双井街道 | 王孝中 | 0556-5578868 |
| 黄山市 | 黄山市职业介绍中心 | 黄山市屯溪区前园南路7号 | 汪展辰 | 0559-2317074 |

| 地　区 | 机构名称 | 地　址 | 联系人 | 联系电话 |
|---|---|---|---|---|
| | | 安徽省 | | |
| 宣城市 | 宣城市职业介绍中心 | 安徽省宣城市 | 袁正荣 | 0563-3022205 |
| 芜湖市 | 芜湖市职业介绍中心 | 芜湖市镜湖区渡春街道7号 | 费国荣 | 0553-3836719 |
| 铜陵市 | 铜陵市职业介绍服务中心 | 安徽省铜陵市淮河路70号 | 崔前进 | 0562-2878192 |
| 阜阳市 | 阜阳市职业介绍中心 | 安徽省阜阳市 | 巫　振 | 0558-2255751 |
| 蚌埠市 | 蚌埠市职业介绍中心 | 蚌埠市中区胜利街 | 汤环明 | 0552-2042244 |
| 淮南市 | 淮南市职业介绍服务中心 | 安徽省淮南市 | 李旭 | 0554-2693102 |
| 淮北市 | 淮北市职业介绍中心 | 安徽省淮北市 | 彭兴昌 | 0561-3042677 |
| 滁州市 | 滁州市失业管理服务中心 | 安徽省滁州市明光街道275号 | 董德尤 | 0550-3011361 |
| | | 福建省 | | |
| 福州市 | 福建省职业介绍服务中心 | 福州市鼓楼区杨桥街道128号 | 钱瑞智 | 0591-7559643 |
| 福州市 | 福州市职业介绍服务中心 | 福建省福州市鼓楼古田路128号 | 黄可民 | 0591-3343773 |
| 厦门市 | 厦门市职业介绍服务中心 | 厦门市开元区长青路191号 | 何岳武 | 0592-5205566 |

| 地 区 | 机构名称 | 地 址 | 联系人 | 联系电话 |
|---|---|---|---|---|
| | | 福建省 | | |
| 莆田市 | 莆田市职业介绍服务中心 | 福建省莆田市城湘区荔城街道 | 魏剑雄 | 0594-2684111 |
| 漳州市 | 漳州市职业介绍中心 | 福建省漳州市 | 朱顺德 | 0596-2521881 |
| 三明市 | 三明市职业介绍服务中心 | 福建省三明市 | 邓 宇 | 0598-8231896 |
| 南平市 | 南平市职业介绍所 | 福建省南平市 | 罗仕忠 | 0599-8629147 |
| 泉州市 | 泉州市职业介绍服务中心 | 福建省泉州市新华南路91号 | 黄子宏 | 0595-2389178 |
| | | 江西省 | | |
| 南昌市 | 江西省职业介绍中心 | 南昌市东湖区江大南路45号 | | 0791-8335375 |
| 南昌市 | 南昌市职业介绍服务中心 | 南昌市东湖区子固路78号 | 程茂煜 | 0791-6700644 |
| 景德镇 | 景德镇市职业介绍中心 | 江西省景德镇沿江西59号 | 黄强 | 0798-8523027 |
| 九江市 | 九江市职业介绍服务中心 | 九江市浔阳区浔阳东路41号 | 王少锐 | 0792-8576725 |
| 赣州市 | 赣州市职业介绍服务中心 | 赣州市章贡区青年路43号 | 吴玉明 | 0797-8275982 |
| 抚州市 | 抚州市职业介绍服务中心 | 江西省抚州市羊城路39号 | 陈荣辉 | 0794-8279701 |

附录

续表

| 地 区 | 机构名称 | 地 址 | 联系人 | 联系电话 |
|---|---|---|---|---|
| 江西省 | | | | |
| 吉安市 | 吉安市职业介绍服务中心 | 江西省吉安市文山街劳动大厦 | 刘启亮 | 0796-8227923 |
| 河南省 | | | | |
| 新乡市 | 新乡市职业介绍服务中心 | 河南省新乡市人民路东段 274 号 | 孟小山 | 0373-3035642 |
| 信阳市 | 信阳市职业介绍中心 | 河南省信阳市民权路 119 号 | 张耀先 | 0376-6222328 |
| 周口市 | 周口市职业介绍服务中心 | 河南省周口市七一路 36 号 | 李守仁 | 0394-8270566 |
| 洛阳市 | 洛阳市职业介绍服务中心 | 洛阳市西工县凯旋西路 29 号 | 沈大富 | 0379-3935405 |
| 漯河市 | 漯河市职业介绍服务中心 | 河南省漯河市源江区黄河路 | 李长建 | 0395-3131053 |
| 平顶山 | 平顶山市职业介绍服务中心 | 平顶山市新华区中兴路北段 4 号 | 任传毅 | 0375-2921337 |
| 三门峡 | 三门峡市职业介绍服务中心 | 河南省三门峡市文明东段 | 王俊生 | 0398-2918601 |
| 安阳市 | 安阳市职业介绍服务中心 | 安阳市北关县安璋大道 8 号 | 张新民 | 0372-2299381 |
| 商丘市 | 商丘市职业介绍服务中心 | 河南省商丘市 | 张光胜 | 0370-2289277 |
| 南阳市 | 南阳市职业介绍服务中心 | 河南省南阳市兴隆路 3 号 | 徐学禄 | 0377-3113789 |

| 地 区 | 机构名称 | 地 址 | 联系人 | 联系电话 |
|---|---|---|---|---|
| 河南省 | | | | |
| 鹤壁市 | 鹤壁市职业介绍中心 | 河南省鹤壁市山城区前进路9号 | 董林峰 | 0392-2659666 |
| 焦作市 | 焦作市职业介绍服务中心 | 河南省焦作市焦东南路 | 琚春生 | 0391-3905931 |
| 湖北省 | | | | |
| 襄樊市 | 汽车产业开发区职业介绍所 | 湖北省襄樊市 | 胡 革 | 0710-3221681 |
| 十堰市 | 十堰市职业介绍服务中心 | 十堰市茅箭区人民道20号 | 季永兵 | 0719-8654480 |
| 黄石市 | 黄石市职业介绍服务中心 | 湖北省黄石市 | 刘青松 | 0714-5211015 |
| 荆门市 | 荆门市职业介绍服务中心 | 湖北省荆门市象山大道5号 | 赖东平 | 0724-2337648 |
| 孝感市 | 孝感市职业介绍服务中心 | 湖北省孝感市 | 朱建武 | 0712-2325789 |
| 武汉市 | 湖北省职业介绍服务中心 | 武汉市水果湖东一路38号 | 办公室 | 027-87822921 |
| 湖南省 | | | | |
| 岳阳市 | 岳阳市职业介绍服务中心 | 湖南省岳阳市 | 曹国华 | 0730-8230130 |
| 长沙市 | 长沙市职业介绍服务中心 | 长沙市芙蓉中路181号 | 办公室 | 0731-4390021 |

附录

续表

| 地 区 | 机构名称 | 地 址 | 联系人 | 联系电话 |
|---|---|---|---|---|
| 广东省 | | | | |
| 广州市 | 广州市劳动力市场中心 | 广州市白云区三元里大道 1278 | 韩志荣 | 020-86322663 |
| 广州市 | 广州市开发区人才劳动力市场 | 广州市开发区青年路 94 号 | 康俊钗 | 020-82216015 |
| 东莞市 | 东莞市职业介绍服务中心 | 广东省东莞市 | 罗自强 | 0769-2251176 |
| 河源市 | 河源市职业介绍服务中心 | 广东省河源市新区 | 曾耀廷 | 0762-3320098 |
| 茂名市 | 茂名市职业介绍服务中心 | 广东省茂名市 | 曹荣亮 | 0668-2295967 |
| 中山市 | 中山市职业介绍服务中心 | 广东省中山市石岐区 | 尹常青 | 0760-8857262 |
| 韶关市 | 韶关市职业介绍中心 | 广东省韶关市华南新津小区 | 陈新英 | 0751-8623868 |
| 汕头市 | 汕头市职业介绍服务中心 | 广东省汕头市 | 周惠专 | 0754-8730618 |
| 江门市 | 江门市台山市职业介绍服务中心 | 江门市台山市东城大道 92 号 | 陈义明 | 0750-5523363 |
| 潮州市 | 潮州市职业介绍中心 | 潮州市城新路吉园街 10 号 | 张 伟 | 0768-2264938 |
| 佛山市 | 佛山市职业介绍服务中心 | 广东省佛山市 | 庄 丽 | 0757-3817001 |

| 地　区 | 机构名称 | 地　址 | 联系人 | 联系电话 |
|---|---|---|---|---|
| 广东省 | | | | |
| 惠州市 | 惠州市职业介绍服务中心 | 广东省惠州市麦兴路 15 号 | 颜晓慧 | 0752-2390887 |
| 顺德市 | 顺德市劳动服务中心 | 广东省顺德市大良区环市北路 427 号 | 关劲峰 | 0765-2333943 |
| 珠海市 | 珠海人力资源开发管理服务中心 | 广东省珠海市香洲区 | 李桂清 | 0756-2292136 |
| 深圳市 | 深圳市职业介绍服务中心 | 深圳市福田区八卦二路西 612 栋劳动就业大厦 | 办公室 | 0755-82132919 |
| 深圳市 | 深圳市罗湖区职业介绍中心 | 深圳市罗湖区深南东路 1068 号 | 办公室 | 0755-25438302 |
| 深圳市 | 深圳市盐田区职业介绍中心 | 深圳市盐田区深盐路 2150 号 | 办公室 | 0755-25358899 |
| 深圳市 | 深圳市福田区人力资源服务中心 | 深圳市福田区新洲南路沙尾工业区 309 栋 B 座 1-3 层 | 办公室 | 0755-83456521 |
| 深圳市 | 深圳市南山区职业介绍中心 | 深圳市南山区劳动大厦一楼 | 办公室 | 0755-26662293 |
| 深圳市 | 深圳市龙岗区职业介绍中心 | 深圳市龙岗区劳动局大楼 708 | 办公室 | 0755-28917172 |
| 广西省 | | | | |
| 桂林市 | 广西桂林市职业介绍服务中心 | 广西桂林市香峰区西风街道 | 陈新帮 | 0773-2853113 |

续表

| 地 区 | 机构名称 | 地 址 | 联系人 | 联系电话 |
|---|---|---|---|---|
| 广西省 | | | | |
| 南宁市 | 广西壮族自治区劳动力市场 | 南宁市新城区民族大道 60 号 | 苏民江 | 0771-5885728 |
| 海南省 | | | | |
| 海口市 | 海南省职业介绍服务中心 | 海口市振东区海府大道 22 号 | 就业科 | 0898-5357015 |
| 海口市 | 海口市职业介绍服务中心 | 海南岛海口市振东区南胶东 4 号 | 黄基华 | 0898-6677368 |
| 四川省 | | | | |
| 成都市 | 成都市职业介绍服务中心 | 四川省成都福字街道 86 号 | 黄 川 | 028-86617205 |
| 自贡市 | 自贡市职业介绍服务中心 | 自贡市高新区汇东路 13 号 | 刘家幼 | 0813-8115521 |
| 泸州市 | 泸州市职业介绍中心 | 泸州市江阳区太平街道 32 号 | 车松 | 0830-2283000 |
| 广元市 | 四川省广元市职业介绍服务中心 | 广元市市中人民路南段 1 号 | 杜炳坤 | 0839-3260141 |
| 绵阳市 | 绵阳市职业介绍中心 | 绵阳市涪城区花园街道 61 号 | 何其松 | 0816-2370938 |
| 宜宾市 | 宜宾市职业介绍中心 | 四川省宜宾南岸西段落 3 号 | 李清荣 | 0831-2338572 |
| 云南省 | | | | |
| 曲靖市 | 曲靖市职业介绍所服务中心 | 曲靖市麒麟区麒麟北路街道 17 号 | 吴士昌 | 0874-3292623 |

| 地 区 | 机构名称 | 地 址 | 联系人 | 联系电话 |
|---|---|---|---|---|
| 云南省 | | | | |
| 昆明市 | 云南省劳动力中心市场 | 云南省昆明市 | 李先华 | 0871-3616951 |
| 昆明市 | 昆明市职业介绍服务中心 | 云南省昆明市 | 徐德权 | 0871-3164570 |
| 陕西省 | | | | |
| 宝鸡市 | 宝鸡市职业介绍服务中心 | 陕西省宝鸡市建国街道 148 号 | 张 兵 | 0917-3217238 |
| 延安市 | 延安市职业介绍服务中心 | 陕西省延安市南关街道 | 李双近 | 0911-2111281 |
| 西安市 | 西安市职业介绍服务中心 | 陕西省西安市大麦市副 86 号 | 刘向庆 | 029-7274967 |
| 甘肃省 | | | | |
| 兰州市 | 兰州职业介绍服务中心 | 兰州城关区旧大路 429 号 | 党 玲 | 0931-8867430 |
| 酒泉市 | 酒泉地区职业介绍服务中心 | 甘肃省酒泉市北大街 42 号 | 陈建华 | 0937-2613634 |
| 天水市 | 天水市劳动力中心市场 | 秦城区青年北路 445 号 | 王福全 | 0938-8213905 |
| 武威市 | 武威市职业介绍中心 | 甘肃省武威市 | 张国良 | 0935-2228448 |
| 西峰市 | 西峰市中心劳动力市场 | 甘肃省西峰市合水巷 | 胡凯文 | 0934-8224758 |
| 张掖市 | 张掖市劳动力市场管理中心 | 甘肃省张掖市 | 王 龙 | 0936-8214681 |

附录

| 地 区 | 机构名称 | 地 址 | 联系人 | 联系电话 |
|---|---|---|---|---|
| 宁夏 | | | | |
| 银川市 | 银川市职业介绍服务中心 | 银川市城区 | 杨立塬 | 0951-6032104 |
| 石嘴山 | 石嘴山市职业介绍服务中心 | 石嘴山市大武口区青山街道1号 | 王同玲 | 0952-2033393 |
| 固原市 | 固原市职业介绍服务中心 | 宁夏回族自治区固原市 | 马振苑 | 0954-2032647 |
| 青海省 | | | | |
| 西宁市 | 西宁市职业介绍服务中心 | 西宁市城中区南大街52号 | 董庆林 | 0971-8244991 |
| 西宁市 | 青海省职业介绍中心 | 西宁市城中区东大街18号 | 孙 波 | 0971-8223619 |
| 贵州省 | | | | |
| 六盘水 | 六盘水市职业介绍中心 | 六盘水市钟册区明湖路25号 | 俞 红 | 0858-8269771 |
| 贵阳市 | 贵阳市职业介绍服务中心 | 贵阳市小河区清水路129号 | 刘声支 | 0851-3802562 |
| 贵阳市 | 贵州省职业介绍中心 | 贵阳市中华北路80号金穗大厦 | 职介部 | 0851-6818628 |
| 新疆 | | | | |
| 伊犁州 | 伊犁州职业介绍服务中心 | 新疆哈密地区工人街4巷21号 | 戴新民 | 0999-8029538 |
| 乌鲁木齐 | 乌鲁木齐市职业介绍中心 | 新疆乌鲁木齐市河南东路7号 | 于广卫 | 0991-6630137 |

| 地 区 | 机构名称 | 地 址 | 联系人 | 联系电话 |
|---|---|---|---|---|
| 新疆 | | | | |
| 石河子 | 石河子市职业介绍中心 | 新疆石河子市北一路 155 号 | 彭应龙 | 0993-2814468 |
| 西藏 | | | | |
| 拉萨市 | 西藏自治区职业介绍服务中心 | 拉萨市李路 24 号 | 谢智宏 | 0891-6321489 |
| 拉萨市 | 拉萨市职业介绍中心 | 西藏自治区拉萨 | 郭志宏 | 0891-6323833 |

附录

## 二 各省、自治区、直辖市人力资源和社会劳动保障局电话

| 机　　构 | 电　　话 |
| --- | --- |
| 北京市人力资源和社会保障局 | 010-63167877 |
| 上海市人力资源和社会保障局 | 021-63673001/<br>62739618 |
| 天津市人力资源和社会保障局 | 022-23030871 |
| 重庆市人力资源和社会保障局 | 023-63861994 |
| 广西壮族自治区人力资源和社会保障厅 | 0771-5881113 |
| 内蒙古自治区人力资源和社会保障厅 | 0471-6945664 |
| 西藏自治区人力资源和社会保障厅 | 0891-6865414 |
| 宁夏回族自治区人力资源和社会保障厅 | 0951-5099026 |
| 新疆维吾尔自治区人力资源和社会保障厅 | 0991-2309239 |
| 新疆生产建设兵团劳动和社会保障局 | 0991-2896630 |
| 河北省人力资源和社会保障厅 | 0311-88616677 |
| 山西省人力资源和社会保障厅 | 0351-3046590 |
| 辽宁省人力资源和社会保障厅 | 024-22955310 |
| 吉林省人力资源和社会保障厅 | 0431-88690663 |
| 黑龙江省人力资源和社会保障厅 | 0451-87130110 |
| 江苏省人力资源和社会保障厅 | 025-83276033 |
| 浙江省人力资源和社会保障厅 | 0571-87053677 |
| 安徽省人力资源和社会保障厅 | 0551-2655359 |
| 江西省人力资源和社会保障厅 | 0791-6386225 |

| 机　构 | 电　话 |
|---|---|
| 福建省人力资源和社会保障厅 | 0591-87557197/<br>87625209 |
| 山东省人力资源和社会保障厅 | 0531-86911155 |
| 河南省人力资源和社会保障厅 | 0371-65906075 |
| 湖北省人力资源和社会保障厅 | 027-87235900 |
| 湖南省人力资源和社会保障厅 | 0731-84900000 |
| 广东省人力资源和社会保障厅 | 020-83331793 |
| 海南省人力资源和社会保障厅 | 0898-65338120/<br>13907628819 |
| 四川省人力资源和社会保障厅 | 028-86117175 |
| 贵州省人力资源和社会保障厅 | 0851-5365600 |
| 云南省人力资源和社会保障厅 | 0871-6753787 |
| 陕西省人力资源和社会保障厅 | 029-87293664 |
| 甘肃省人力资源和社会保障厅 | 0931-8960223 |
| 青海省人力资源和社会保障厅 | 0971-6316527 |

黑龙江海天庆城律师事务所　　0459-4617991

　　　　　　　　　　　　　　0451-55515461

黑龙江金诺律师事务所大庆分所　13069600658

　　　　　　　　　　　　　　0459-5522997

附录

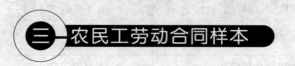

三 农民工劳动合同样本

# 农 民 工 劳 动 合 同

### （示范文本）

甲方（用人单位）名称：＿＿＿＿＿＿＿＿＿＿＿＿＿＿＿＿＿

住所：＿＿＿＿＿＿＿＿＿＿＿＿＿＿＿＿＿

法定代表人（主要负责人）：＿＿＿＿＿＿

联系电话：＿＿＿＿＿＿＿＿＿＿＿＿＿＿＿

乙方（劳动者）姓名：＿＿＿＿＿＿＿＿＿＿＿＿＿＿＿＿＿

户籍所在地：＿＿＿＿＿＿＿＿＿＿＿＿＿

现居住地址：＿＿＿＿＿＿＿＿＿＿＿＿＿

身份证号码：＿＿＿＿＿＿＿＿＿＿＿＿＿

联系电话：＿＿＿＿＿＿＿＿＿＿＿＿＿＿

中华人民共和国人力资源和社会保障部制

根据《中华人民共和国劳动合同法》及相关法律、法规的规定，甲乙双方遵循合法、公平、平等自愿、协商一致、诚实信用的原则订立本合同。

**第一条** 本合同期限类型为＿＿＿＿＿＿＿＿＿＿（固定期限/无固定期限/以完成一定工作任务为期限），自＿＿＿年＿＿月＿＿日起至＿＿＿＿＿＿＿＿＿＿止。其中，试用期（有/无），自＿＿＿年＿＿月＿＿日起至＿＿＿年＿＿月＿＿日止。

**第二条** 甲方安排乙方从事的工作内容为＿＿＿＿＿＿＿＿＿＿，工作地点为＿＿＿＿＿＿＿＿＿＿。

乙方应按照甲方安排的工作内容及要求，认真履行岗位职责，按时完成工作任务。

**第三条** 甲方安排乙方执行＿＿＿＿＿＿＿＿＿工时工作制（标准工时/综合计算工时/不定时）。

**第四条** 甲方于每月＿＿＿＿＿日前以现金或转账形式及时足额支付乙方工资，工资（计时/计件）标准为＿＿＿＿＿＿＿＿＿＿。其中，试用期期间的工资标准为＿＿＿＿＿＿＿＿＿＿。

**第五条** 甲方应当按照国家和地方有关规定为乙方缴纳社会保险费，具体项目为＿＿＿＿＿＿＿＿＿＿＿＿＿＿＿＿＿＿＿＿。乙方负担的部分由甲方负责代扣代缴。

**第六条** 甲方为乙方提供安全生产培训，并提供符合国家规定的劳动安全卫生条件和必要的劳动防护用品。安排乙方从事有职业危害作业的，应当定期为乙方进行健康检查。乙方在劳动过程中应严格遵守各项制度规范和操作规程。

乙方发生工伤时，甲方应当及时采取措施使乙方得到

救治，并按照《工伤保险条例》的规定，向乙方支付相应的工伤待遇。

第七条 甲乙双方应当按照《劳动合同法》的相关规定履行、变更、解除、终止本合同。符合《劳动合同法》有关规定情形的，甲方应当依法支付乙方经济补偿。

第八条 甲方违法解除或者终止本合同，乙方要求继续履行本合同的，甲方应当继续履行；乙方不要求继续履行本合同或者本合同已经不能继续履行的，甲方应当依法按照经济补偿标准的二倍向乙方支付赔偿金。

第九条 双方约定的其他事项：

_____

_____

第十条 本合同自甲乙双方签字或者盖章之日起生效。本合同一式二份，甲乙双方各执一份。

甲方（公章） 乙方（签字）

法定代表人（主要负责人）

或者委托代理人签字

签字日期： 年 月 日 签字日期： 年 月 日

## 签 约 须 知

1、用人单位和劳动者应保证向对方提供的与履行劳动合同有关的各项信息真实、有效。

2、用人单位可以与劳动者约定试用期，但以完成一定工作任务为期限的劳动合同或者劳动合同期限不满三个月的，不得约定。试用期包含在劳动合同期限内。劳动合同期限三个月以上不满一年的，试用期不得超过一个月；劳